La hora
de Lucifer

Lídice Pepper

La hora de Lucifer

1ª Edición Febrero 2014

Copyright © 2014 Lídice Pepper

Copyright de esta edición © 2014 Ciencia y Cultura
Asociación Española Ciencia y Cultura
c/ Pavía 4, 1º D. 28013 Madrid (España)
Fax: (34) 91-4978579
www.cienciaycultura.com

E-mail: julio.gonzalo@uam.es
E-mail : aecienciaycultura@gmail.com

ISBN papel: 978-84-941095-7-7
ISBN ebook: 978-84-941095-8-4

DEDICATORIA

Con agradecimiento y cariño, al profesor
D. Julio A. Gonzalo, amigo que lee con entusiasmo mis
obras, y que fue quien me inspiró el hilo argumental
de esta novela.

PRIMERA PARTE

1981

Soplaba un vientecillo fresco, con una lluvia muy fina, tiempo propio del mes de marzo en Washington D.C. Algunas personas se arremolinaron en torno a la puerta del Washington Hilton Hotel, todo lo más que la policía – uniformada o de paisano– les dejaba aproximarse. Salima estaba entre ellos, con un ligero velo cubriendo sus cabellos, negros como ala de cuervo. Por fin apareció el Presidente de los Estados Unidos, embutida su alta silueta en un elegante traje azul, casi gris. Se dirigía a la lustrosa limusina que le aguardaba, pero antes de llegar a ella alzó uno de sus brazos por encima de su cabeza, para saludar a sus admiradores, que rompieron a aplaudir; su rostro no parecía el de un anciano, a menos que fuese observado muy de cerca, pues aunque minúsculas arrugas bordeaban sus ojos y sus labios, caminaba erguido y con paso elástico, y su cabello oscuro, escrupulosamente peinado con un pequeño "tupé", era abundante. También su risa, que dejaba ver una perfecta dentadura, tenía el fulgor de una sonrisa juvenil: a Salima le resultó simpático, y mentalmente rezó porque, después de todo, no pasara nada… Fue tan rápido, que su oración apenas llegó a ser una simple intención: a sus oídos llegó el tableteo de seis balazos disparados sin solución de continuidad, y vio caer al hombre ¡y a varios de los que le rodeaban, lanzarse sobre él para cubrirle! …En un minuto se desencadenó el infierno: la gente gritaba, los policías les empujaron hacia atrás, los agentes agitaban en el aire sus armas y oyó voces estentóreas y carreras; sus ojos no podían apartarse del grupo en el suelo: los guarda espaldas cubriendo al Presidente derribado. Un hombre calvo yacía en el pavimento, boca abajo; de su cabeza goteaba sangre, y alguien le colocó un pañuelo en la herida…más allá, había otro, derribado sobre la acera. El ulular de la sirena de una ambulancia se confundió en su mente con un ruido sordo y pertinaz, como el que produce un tren al entrar en un túnel; sintió una laxitud extraña aflojar sus rodillas y supo que iba a perder el conocimiento. Antes de que cayera al suelo, un hombre negro la sujetó con fuerza por detrás, pero la muchacha no se enteró. Cuando recobró el conocimiento, estaba en una comisaría, mientras una mujer policía le sujetaba la cabeza, insistiendo en hacerla beber agua. Salima bebió con avidez y el color empezó a volver a sus mejillas, hasta entonces lívidas como las de una muerta. El velo de su cabeza había desaparecido – debió caerse por algún lado– y sus largas trenzas cruzadas en la parte posterior de la cabeza, se veían flojas y a punto de destrenzarse.

– ¿Qué ha pasado?– Preguntó, mirando a la uniformada agente que sostenía el vaso de agua.

– Se desmayó usted en la calle. No es nada, una bajada de tensión, por la fuerte emoción, seguramente…en cuanto esté un poco mejor va a ser interrogada.

Los negros ojos de la muchacha se abrieron como platos:

– ¿Interrogada? – Había alarma en voz, súbitamente agudizada por el miedo.

– Sobre lo que ha visto. Usted estaba allí. Sólo tiene que darnos sus datos personales y contarnos su visión de los hechos.

– ¿Es que...le han matado? ¿El Presidente ha muerto?
– No. Pero está herido. Tenemos que interrogar a todos los testigos.
– ¿Han cogido al...al culpable?
– No es mi deber darle información. Descanse y espere.

Salima comprendió que había cometido una imprudencia. Una imprudencia imperdonable. Jamás debió ni siquiera acercarse al Washington Hilton Hotel para ver de cerca a Ronald Reagan, cuadragésimo presidente de los Estados Unidos.

Salima Barak tenía dieciocho años, pero lograba aparentar ser aún menor. Durante los últimos diez años, se fue dando cuenta de que no le convenía ser mayor, ni tampoco hermosa, ni mucho menos, ser inteligente...Su acusado instinto de auto defensa le señalaba claramente la única senda por donde podía transitar en la vida, sin temor a perder su libertad, ya por completo y de manera definitiva. Aprendió a parecer más bien estúpida: lenta de reflejos, pobre de ingenio. Pero eso sí: muy trabajadora. A los ocho años había quedado huérfana de padre y madre: sus progenitores murieron en un accidente ferroviario en Egipto y fue reclamada por la hermana de su abuela materna, una mujer de sesenta años, residente en Estados Unidos de América, a quien habían operado de una rodilla – por causa de la artrosis– por lo cual tuvieron que colocarle una prótesis: necesitaba una enfermera, mujer de compañía, doncella y bastón, todo en una pieza. Y como era su pariente más cercana, unos primos segundos la metieron en un avión, rumbo a Washington, aliviados de verse liberados de tal carga.

Su tía abuela Ashma era la mujer fuerte de una familia de hombres. Tenía tres hijos varones, arrogantes en la calle, pero temerosos en casa de sus cambios de humor. Se comportaba como una autócrata, y conseguía ser obedecida: sus nueras le tenían verdadero pavor. Ashma no era una mujer de malos sentimientos, pero a veces tenía una dureza roqueña; sin el menor género de dudas, era quien mandaba en aquella familia. Viuda de un funcionario que trabajara como secretario en la embajada de Egipto, había sabido llevar las riendas del hogar con mano de hierro. Salima se dio cuenta enseguida de que debía de crecer al amparo de su protección, y se dedicó en cuerpo y alma a tratar de serle útil y agradable, sin caer en la melosería. Y en efecto, aquella actitud la protegió. Pasados dos años de su llegada a América, y estando ya su tía abuela recuperada de su lesión – aunque se había acostumbrado a utilizar un bastón– el hijo mayor expresó su opinión sobre la conveniencia de ir buscando un marido apropiado para Salima, quien a los doce años podría ser entregada en matrimonio. Habló, delante de la niña, de la familia Basser–Adá, y de las razones diplomáticas y económicas por las cuales el matrimonio de Salima con el viudo patriarca de aquella adinerada dinastía, podía ser muy ventajosa para todos. Abdalá Basser–Adá tenía cuarenta y cinco años; vivía en El Cairo, pero tenía numerosos intereses económicos en América, en alguno de los cuales estaba asociado a Ibrahím, el hijo mayor de Ashma.

– Debemos enviar a Salima a El Cairo, tras celebrar los esponsales, para que termine de ser educada en la familia Basser–Adá; dentro de dos años podrá consumarse el matrimonio. Podemos darle una buena dote, y a cambio Abdalá me nombraría su apoderado en América, para todos sus negocios.

La pequeña Salima contuvo la respiración: no quería volver a Egipto. Ni quería que la casaran con aquel señor desconocido. Pero comprendía que su deber era callarse. Ashma habló por ella:

– ¡De ninguna manera! Es aún muy niña, mucho menos que su edad cronológica…

– Una esposa lerda no es ningún problema, madre– respondió Ibrahím, pasándose la mano por la morena barba; aquella niña silenciosa y lenta no le resultaba simpática.– ¡Al contrario! Será más sumisa.

– ¡He dicho que no, y punto! Soy su tía abuela y tutora: Salima me hace falta.

– ¡Algún día tendrás que dejarla que sea esposa y madre!
– ¿Y quién me atenderá en mi vejez? ¿Vendrá tal vez tu esposa a cuidarme noche y día, Ibrahím?

El rostro del hijo se congestionó, adquiriendo un tono rojizo:

– ¡Sabes que tanto Amina, como Leila y, por supuesto, Farah, te aman, y están dispuestas a servirte en cuanto necesites!

–...Pero yo no quiero apartarlas de sus obligaciones en sus hogares. Por ahora, me basta con tener a mi lado a Salima. No es lerda, simplemente un poco retrasada para su edad. Y no se hable más del tema: me disgusta.

La mujer tenía un rostro aún hermoso, pero duro. Se mantenía delgada y fuerte; sus cabellos negros estaban entreverados de canas y un gran mechón blanco partía de su frente, hacia la sien derecha. Ibrahím – un cuarentón de buen ver, moreno y corpulento– abatió los párpados bajo la autoritaria mirada de la matriarca:

– Como quieras, madre.

Pero la niña sabía que aquello no terminaría ahí. Sólo podía agarrarse a la protección de Ashma para que su vida no fuera trasformada en un infierno cuya sola visión la horrorizaba: ser una de las esposas de un hombre treinta y cinco años mayor que ella, y verse confinada en un palacete de El Cairo teniendo hijo tras hijo hasta que aquel hombre muriese, era un panorama desolador. Con sólo diez años, Salima era lo suficientemente madura como para desear ser dueña absoluta de su propio destino. Pero no podía decirlo. Siguió atendiendo diligente y devotamente a Ashma, siempre silenciosa y tratando de pasar desapercibida. Su instrucción se limitaba a las clases sobre conocimiento de El Corán que toda mujer debía de tener; y, además del árabe, aprendió a hablar y a escribir correctamente el inglés y las cuatro reglas de la aritmética, con una profesora que acudía a la casa. El francés lo aprendió más tarde, siendo su maestra la propia Ashma, que lo hablaba de maravilla y encontró en aquellas clases la ocasión idónea para no desentrenarse. Y también tuvo acceso a conocimientos de costura, planchado, repostería y cocina. Le encantaba leer, pero su tía abuela no consideraba necesario que leyese otro libro más que El Corán; por eso, experta ya en las artes del disimulo, cuando tenía un par de horas libres – las horas en que Ashma se acostaba a dormir la siesta– Salima se dirigía al cercano parque, donde había un precioso estanque con peces y puentecillos, una rosaleda y numerosas aves...entraba por una puerta y salía por la otra. Del otro lado del parque, estaba la Biblioteca Pública; nadie sabía que llevaba años acudiendo a aquel lugar, para leer con avidez durante una hora: ni un minuto más, ni un minuto menos; debía estar de vuelta cuando Ashma se despertase. Por sus manos fueron pasando libros de todas clases, pero especialmente, novelas: "La cabaña del tío Tom", las obras emblemáticas de Mark Twain, muchas narraciones de Edgar Alan Poe, y "Matar un ruiseñor", "Lo que el viento se llevó", "El otro"...y las obras de Julio Verne y también de Víctor Hugo, Charles Dickens, Ágatha Christie...autores que jamás le habrían permitido conocer. Cuando regresaba, algunas veces Ashma le preguntaba, con curiosidad:

– ¿Has ido al parque? ¿No te aburre ir siempre al mismo sitio?

Salima tenía la respuesta preparada. En su pequeño bolso o en el fondo de un bolsillo de su abrigo, siempre llevaba unos prismáticos de teatro:

– No.– Solía responder, enseñando los prismáticos– ¡Hoy he visto unos pajarillos que jamás había observado antes! ¡Nunca sé sus nombres, pero me encantan sus picos amarillos o naranjas, y sus crestecillas de colores!

Ashma solía reír a carcajadas:

– ¡Pero, niña, qué ornitóloga más estupenda serías! ¡No sé cómo te entusiasman tanto los pájaros y las flores y árboles, pero creo que amar a la Naturaleza es algo muy bonito...aunque bastante inútil!

Y ya no se preocupaba más por las salidas de Salima, quien siempre pedía en su interior – aunque no sabía muy bien a quién oraba– porque nadie la viese jamás entrar ni salir de la

Biblioteca Pública.

El tema de su matrimonio – ahora con el rico comerciante Efraím Kassar, veintiocho años mayor que ella y viudo dos veces– volvió a ponerse sobre el tapete cuando cumplió los dieciséis; Ibrahím y esta vez también su hermano segundo, Abdulah – Omar no solía meterse en cuestiones domésticas– insistieron en la conveniencia de aquel enlace. La resistencia de Ashma fue menos terca; en esta ocasión dejó caer un dubitativo: "Lo pensaré". Salima sintió una punzada de angustia clavarse en su pecho como un estilete...y, desde aquel día, empezó a aparentar delante de sus primos – y de sus esposas, Farah, Amina y Leila, así como de sus hijos– una mayor lentitud y torpeza, hasta el punto de que los hermanos habían llegado a comentar entre sí:

– ¡No sé cómo nuestra madre puede soportar a esa estúpida a su lado!

La muchacha sentía un volcán en su pecho, porque no tenía a nadie a quien poder confiarse. Sentía pánico del futuro, pero no se atrevía a dar un paso para escapar de él. Ni siquiera podía rezar, porque no sabía a quién estaba rezando. Tenía conciencia de la existencia de Alá: de un Dios único, verdadero, Creador de todas las cosas. Pero El Corán no la satisfacía plenamente, porque no encontraba justa la posición a que relegaba a las mujeres. Sus numerosas lecturas, libres de toda censura ajena – a aquella edad, ya había leído a Shakespeare, e incluso acababa de atreverse con ciertas obras de Freud y Jung– la hacían colocarse en una posición crítica con su propia fe. Por otro lado, había llegado a amar a Estados Unidos de Norteamérica: en compañía de Ashma realizó diversos viajes turísticos, conociendo New York, las cataratas del Niágara, San Francisco y Los Ángeles, y el gran cañón del Colorado...Empezando así a sentir que amaba de veras a aquella tierra de acogida, y que prefería mil veces la libertad de no verse obligada a cubrir sus cabellos hasta la raíz para salir a la calle, y el estilo de vida americano; envidiaba a quienes podían leer lo que quisieran sin esconderse, ir a ver cualquier película, hacer deporte, bañarse en la playa...placeres que a ella le estaban vedados. En la familia, ninguna de las mujeres se había tapado jamás el rostro para salir a la calle, pero algo estaba cambiando, para mal: los hijos de Ashma se hacían, día a día, más críticos, más intolerantes...

Y, con el tiempo, las prohibiciones se irían haciendo más estrictas, pues si bien Ashma permanecía inalterable, tanto Ibrahím como sus hermanos, Abdulah y Omar, se habían radicalizado en sus creencias islámicas, y esta nueva influencia integrista, llegó a alcanzar de lleno al hogar en que vivía. Desde la proclamación de la República Islámica en Teherán, el 1 de Abril de 1979, por el Ayatolah Jomeini, nada volvió a ser igual...los tres hijos de Ashma empezaron a demostrar una creciente aversión a Occidente, que se profundizó durante los 444 días que duró la conocida "crisis de los rehenes": El nuevo "Guía espiritual" islámico calificaba a USA como "El Gran Satán". Los hijos de aquel hogar sufrían el rabioso resquemor de no poder expresar sus ideas en público, y Salima comprendió que ya nada sería igual, a partir de entonces. Se había iniciado una espiral de odio, y ella estaba en todo el centro.

También Tarek Shardif había nacido en Egipto, aunque era de madre norteamericana. No hay mucha gente que crea en la predestinación; tal vez hagan bien...pero si hay seres predestinados para el Mal, Tarek era uno de ellos. Tenía el encanto de la belleza física, como un Luzbel radiante y atractivo como rayo de luz, y sus padres siempre supieron que era malo. Como el niño de "La profecía", pasó por sus vidas como una borrasca, y desapareció. Inteligente, astuto como serpiente, embaucador y lleno de simpatía, logró abrirse camino en la vida sin dejar que nada ni nadie se entrometiese demasiado en sus asuntos. Él sabía quién era, y eso le bastaba. Sabía cuál era su misión, y estaba dispuesto a cumplirla: había nacido un sábado santo en El Cairo – el 6 de Junio de 1956– y la coincidencia de los tres seis en su fecha de nacimiento, así como el hecho de ser sábado santo para los católicos (día en que Cristo estaba muerto) le hacían sonreír: su padre había sido un musulmán bastante tibio, y su madre una cristiana evangélica no excesivamente devota: acordaron enseñarle ambas religiones, pero dejándole en libertad de elegir cuando fuera mayor... Había elegido mucho antes.

El apuesto e inteligente oficial Shardif conocía como pocos el manejo y funcionamiento de los más modernos helicópteros; la aeronáutica tenía pocos secretos para él. Una furtiva relación homosexual con un Coronel de las Fuerzas Aéreas de los Estados Unidos, le colocó en una posición privilegiada cuando la crisis de los rehenes en Teherán, tras el exilio del Sha: lo demás, lo hizo su propia y brillante inteligencia.

Los helicópteros RH–53 eran su especialidad, porque así resultaba necesario que fuese. Por eso estaba en el lugar indicado, a la hora señalada, en el lugar donde quería estar. Para hacer abortar, desde dentro, la Operación Garra de Águila, diseñada para liberar a los rehenes norteamericanos retenidos en la Embajada de USA en Teherán, por las fuerzas integristas del Ayatolah Jomeini. Un acto de sabotaje que nunca se podría demostrar, pero que significaría el gran fracaso de la Administración Carter en aquella crisis que habría de durar 444 días y durante la cual la mayor potencia del mundo se habría de sentir profundamente humillada.

Michael Bradford tenía una cualidad muy acusada: la perseverancia. A los treinta años podía decir que tenía cierto prestigio entre los jóvenes agentes de la CIA, y ello se lo había ganado a pulso. Jamás olvidaba un rostro, y ahora estaba mirando desde todos los ángulos posibles el rostro impreso en aquella fotografía. Una cara excepcionalmente hermosa, de varón: un varón joven, moreno, de grandes ojos de un azul pálido sorprendente en aquel rostro atezado, y nariz de trazo perfecto; una cara difícil de olvidar, por su absoluta perfección...Aunque en aquella mirada insondable y fría, había algo que infundía temor.

– ¿Quién es? – Preguntó David, el agente que solía colaborar con él en ciertos casos...Un joven de rostro risueño, rubio como un querubín, cuya aparente candidez no dejaba adivinar la espléndida hoja de servicios que poseía dentro de la temida agencia central de inteligencia.

– Se llama Tarek Shardif...Es ciudadano norteamericano, oficial de las Fuerzas Aéreas: y parece poseer el don de la ubicuidad. Sabe árabe a la perfección, pues nació en Egipto, y es un experto en mecánica aeronáutica, además de temerario piloto. Su especialidad son los helicópteros. Ahora se encuentra de permiso, por agotamiento nervioso.

La voz de Michael, abaritonada y grave, tuvo un matiz de intencionalidad cuando repitió:

–...De permiso, por agotamiento nervioso.

David le miró con curiosidad:

– ¿Qué es lo que te extraña?

El rostro anguloso y moreno de Michael se volvió hacia él: sus ojos grises tuvieron un destello cuando respondió:

– Que estaba...pero no estaba, entre el público, cuando tirotearon al Presidente.

Las rubias cejas de David salieron disparadas hacia arriba:

– ¿Qué es eso de que estaba, pero no estaba...?

– Verás: sale en las fotos de las cámaras de vigilancia del hotel, pero se esfumó. No está en la lista de las personas que fueron testigos del intento de magnicidio. Todas fueron interrogadas, menos él.

– ¿Quieres decir, que se escapó antes de que la policía pudiera completar el cerco? ¡Muy rápido ha de ser!

–...O grandes protectores ha de tener.

David completó su pensamiento:

–...Que prefirieron que no figurase para nada en el asunto, y le hicieron hacer mutis por el foro. ¿No será uno de los nuestros?

– No. No lo es.

– ¿De qué le conoces, cómo sabías su nombre?

Michael tardó en contestar, como si estuviera indeciso

para responder…
– Nunca olvido una cara. – Dijo al fin– Y esta es muy singular.
– ¡Un guapo mozo!
–Sí. Parece un actor de cine, pero tiene algo…Que repele. Como si fuese una máscara. Cuando investigamos el fracaso de la operación Garra de Águila – la crisis de los rehenes en Teherán, lo recordarás– vi su fotografía, me fijé en ese joven y apolíneo piloto: un dechado de virtudes, según su hoja de servicios….Entonces estaba con el uniforme de las Fuerzas Aéreas. Estudié todos los expedientes del personal involucrado en aquella acción; Tarek tiene un brillante historial, para ser tan joven… Podía ser muy útil – y al parecer, lo fue– por sus conocimientos del árabe, y de los lugares donde se desarrolló aquella fallida operación. Y ahora ese rostro aparece aquí, en una fotografía tomada por una cámara de seguridad del hotel. Y desaparece.

David estudio con detenimiento la fotografía, ampliada. Al lado del egipcio se veía la imagen de una chica muy joven, de aspecto frágil; morena y con cara de asombro. Un largo y liso flequillo negro tapaba por completo sus cejas. Su cabeza estaba cubierta por un fino velo que anudaba por detrás, sobre los hombros.

– ¿Y esta del velo? No parece en absoluto norteamericana…

– ¡Es egipcia también, qué casualidad…! Ella sí fue interrogada. Estaba ahí por curiosidad; tiene dieciocho años, se llama Salima Barak y vive en la Avenida de Baltimore, al lado del parque…en la novena planta del edificio Franklin. Pertenece a una familia importante.

David emitió un largo silbido admirativo, que arrancó una sonrisa del pétreo rostro de su amigo.

– ¡Va…ya! ¡Sigues siendo "Computer Michael"!

– Hemos sido entrenados para ello.

– Sí, pero lo tuyo es de libro…– Sonrió– Y sé lo que vas a hacer a continuación: seguir el rastro, como un buen pointer.

– Me gusta tener las cosas claras.

Michael Bradford estaba ya acostumbrado a enfrentarse con asuntos difíciles; no se dejaba guiar de corazonadas– era un hombre muy cerebral– pero en aquella ocasión, estaba seguro de que, detrás de aquello, podía haber algo muy, muy siniestro. No estaba conforme con el carpetazo dado sobre el desastre de la Operación Garra de Águila, que costara la presidencia a Jimmy Carter...y la vida de ocho hombres, cuyos cuerpos tuvieron que ser abandonados en el desierto. No creía en las casualidades, sino en las causalidades, y aquellos fallos en la cuestión concerniente a los helicópteros, que hicieron abortar la operación, a su juicio necesitaban ser explicados. Y no lo habían sido. Se pasó la uña del pulgar a lo largo del mentón, dubitativo. Un mentón no muy acusado, pero que denotaba energía: era el complemento perfecto de un cráneo ligeramente triangular, de pronunciados y altos pómulos: tenía algo de calavera, pero – en todo caso– se trataba de una calavera muy bien cincelada. Daba la impresión de que el buen Dios hubiera colocado su estirada piel directamente sobre el hueso, y sin embargo, era un rostro muy atractivo, de grandes y chispeantes ojos grises, frente despejada, nariz ligeramente aguileña y abundantes cabellos oscuros y lisos, peinados hacia atrás. Sonrió, con aquella sonrisa que confería al anguloso rostro una cálida bonhomía, y miró a su colega directamente a los ojos:

– Voy a seguir con esto, David...– Dijo.– Puede haber "algo".

Junto a Ashma, Salima siempre se había sentido protegida; oprimida también, que duda había: pero protegida. La anciana gustaba de ser ácida y exigente con sus hijos y especialmente con sus nueras, y Salima creía que esto era para ella una forma de divertirse: señalarles sus fallos y defectos, no dejar pasar una, ser cortante en el lenguaje, incluso desabrida, seguramente le causaba un secreto placer. Y era una forma de mantener incólume su autoridad. No había afecto en aquellas relaciones suegra–nueras, sino una constante delimitación de terrenos. Con ella en cambio, sin ser cariñosa – la ternura no se contaba entre sus indudables cualidades– al menos era justa y generosa. Alguna vez la llamaba "estúpida", por aquella aparente lentitud de reflejos que Salima se esforzaba en patentizar delante de la familia, pero no tardaba en alargarle el ramo de olivo, en forma de disculpa:

– No hagas caso de mi genio, Salima: ladro, pero no muerdo. Eres una buena chica.

Las dos mujeres eran cómplices en ciertos placeres ocultos que los hijos de Ashma no habrían visto con buenos ojos: ver películas clásicas de cine americano y comentarlas, por ejemplo. Ashma era una cinéfila empedernida y había contagiado a la muchacha, pues sólo ante ella dejaba ver esa faceta de su personalidad. Aparentemente, todas las noches Ashma y Salima se encerraban en una salita adyacente al cuarto de la matriarca, para ver una película "de cine egipcio": adquiría los vídeos por montañas. En su gabinete particular, había un formidable televisor con su correspondiente aparato reproductor de vídeos. El cine es una pasión de los egipcios; nada criticable había en ello. Pero lo que ambas mujeres ocultaban celosamente era que, en aquella fenomenal videoteca – que aumentaba paulatinamente– lo que menos había ya era cine egipcio, pues Ashma sentía verdadera predilección por el cine de Hollywood (preferiblemente en blanco y negro) de los años 30, 40 y 50. Sólo con la pequeña Salima podía hablar aquella autoritaria dama de su pasión secreta...Al fin y al cabo, era una mujer moderna, viuda de un diplomático y con muchos años de estancia en los Estados Unidos. Esto era un débil hilo de seguridad para Salima, pero– aunque débil– hilo al fin.

Cuando llegó a su casa después del atentado contra el presidente Reagan, estaba temblando: era muy tarde, y sabía que todos la estarían esperando...Nunca podría decir los verdaderos motivos que la habían llevado hasta la entrada del Washington Hilton Hotel, pero ellos querrían saberlos. Al entrar, tras abrir la blanca puerta de maciza madera con su propio llavín, se cruzó con un hombre que salía: un hombre que la miró de refilón y se encaminó hacia el ascensor más cercano con paso rápido: un hombre alto, moreno, de rostro tan hermoso como el de una estatua griega: murmuró "Perdón", en árabe, con voz atenorada – pues casi la había arrollado al salir – y desapareció. Salima estaba tan angustiada que no perdió el tiempo en volver siquiera la cabeza, aunque en su subconsciente quedó impreso un interrogante: "¿Quién sería aquel hombre, tan extraordinariamente guapo, con aquellos sorprendes ojos celestes?"

Temía una escena borrascosa, y efectivamente, la hubo. Los tres hermanos estaban en el salón, exquisitamente decorado con muebles lisos y modernos, aunque no faltaban los detalles orientales, como la profusión de "pufs" de cuero curtido, en llamativos colores, y los adornos de cobre. Una bandera egipcia colgaba de un dorado mástil, en una esquina, llegando casi hasta el suelo. Al fondo, en un sillón – entre dos sofás– estaba sentada Ashma, con el moreno rostro contraído por la preocupación.

Como siempre, Ibrahím llevó la voz cantante:

– ¡Ya estás aquí, perra! – Exclamó con furia– ¡En buen lío nos has metido a todos!

Se adelantó hacia ella con el moreno rostro desfigurado por la ira, los ojos inyectados en sangre y una vena azulada latiéndole en la frente. La cogió por los hombros y empezó a sacudirla furiosamente: Salima sintió como si su cabeza fuera a despegarse del cuello, y gritó.

– ¡IBRAHÍM!– La voz de Ashma sonó como un trallazo– ¡Suéltala! Yo la interrogaré.

Ibrahím obedeció, haciendo un esfuerzo, y se quedó mirando con odio a la muchacha, con los puños apretados. Sus hermanos contemplaban la escena con los ceños fruncidos.

– Dile– dijo Omar, con su voz ligeramente atiplada– que nos cuente todo; absolutamente todo, o le pesará…es una necia.

– ¡Basta de insultos! Salima ha hecho mal, pero hay que dejarla explicarse. Siéntate a mi lado y tranquilízate, muchacha ¡estás temblando!

Salima había corrido a sentarse en un puf, al lado del sillón de su tía. Su firme resolución de no decir nada hacía tiempo que estaba tomada, pero tenía miedo; un miedo que la hacía temblar:

– ¡No hay nada que decir! ¡No creí haber hecho nada malo!

Un torrente de preguntas en las airadas voces masculinas, acogió sus palabras:

– ¡Sabes que desde que empezó la crisis de los malditos rehenes en Irán, las cosas han cambiado en América para todos los islámicos! ¡Este ya no es un país amigo! ¡Muchos hermanos nuestros en la fe, han sido deportados sin motivo! ¿Qué mierda tenías tú que hacer junto al Presidente que más ha humillado a nuestros pueblos? ¡Responde!

Ibrahím interrumpió a sus hermanos; la ira aún le hacía hablar a trompicones:

– ¿Qué les has dicho de nosotros? ¿Te han interrogado sobre la familia, sobre nuestra forma de pensar?

Ashma volvió a elevar la voz, cortante:

– He dicho que yo la interrogaría. No hagas caso a nadie más, Salima: todavía soy la dueña de esta casa. Mírame y respóndeme con la verdad: ¿por qué estabas ahí, en un momento tan crucial?

– Fui por curiosidad...Vi en la televisión que el presidente iba a hablar a los del partido demócrata en ese hotel...

Ibrahím dio un respingo, y no pudo contenerse:

– ¿Qué demonios sabes tú de demócratas y republicanos, ni de la cochina política de este cochino país?

Ashma levantó una mano:

– ¡Si vuelves a interrumpir, Ibrahím, me llevaré a Salima a mi gabinete y la interrogaré a solas! Continúa, niña.

– Veo la televisión...Las noticias, como todo el mundo...Pensé que ese hotel no está muy lejos, y que podría acercarme para verle en persona ¡nunca había visto a un presidente en persona! Quería saber – añadió con falsa fatuidad– ¡si era como en las películas: los policías de paisano, los coches oficiales! ¡Todo eso...!– Su voz se extinguió en un murmullo, antes de añadir – con un sollozo, que este sí fue verdadero–:

– ¡No podía imaginar que iba a pasar algo así! ¡Nadie podía saberlo! ¡Fue horrible! ¡Los disparos, y la gente corriendo, la sangre en el suelo...! – Se tapó la cara con las manos y rompió a llorar.

Ashma pareció ablandarse.

– Comprendo. Fue una niñería y la has pagado caro. ¡Omar! – Se dirigió a su hijo menor– ¡Trae un poco de coñac para Salima! Sé que no debemos, pero en estos casos está justificado un sorbo; además, le soltará la lengua.

Todos esperaron que la muchacha tomara el coñac, que la hizo toser un par de veces. La anciana continuó su interrogatorio:

– Ahora, Salima, dime qué te preguntaron y qué les dijiste acerca de nosotros. No omitas nada. Seguramente eras la única islámica presente en aquel lugar; eso les llamaría la atención.

– Fueron muy amables...De veras. Me desmayé del susto y una mujer policía me trajo un vaso de agua, me colocaron la cabeza hacia abajo...

– ¡Dinos qué te preguntaron! – Interrumpió Ibrahím, con impaciencia. – Ashma volvió a levantar la mano izquierda, demandando orden.

– ¡Me preguntaron mi nombre y mi dirección, y por qué causa estaba allí! ¡No me preguntaron nada sobre mi familia! ¡Sólo les interesaba saber desde qué hora estaba allí, por qué razón había ido y qué había visto antes, durante, y después de los balazos!

– Y tú ¿qué les contestaste?

– La verdad, tía Ashma: que había ido por curiosidad, porque nunca había visto a un presidente en persona, y de cerca; que llevaba allí esperando verle salir, unos cuarenta y cinco minutos, y que no había visto nada importante, sólo gente...Cuando empezaron a sonar los disparos me asusté y cerré los ojos, y cuando los abrí y vi la sangre, me desmayé...Firmé mi declaración y me dejaron marchar.

– ¿De verdad no te preguntaron más sobre ti misma, sobre tu familia...?

– No. Sólo mi dirección completa, cuántos años llevaba en Estados Unidos, y la razón de que estuviera en aquel lugar... Pero de todo, lo que más les interesaba era lo que yo pudiera haber visto durante el tiempo que estuve allí. ¡No tardaron en darse cuenta de que yo no había visto realmente nada!

Ashma suspiró profundamente:

– ¡Hemos hecho una montaña de un grano de arena! Aquí no ha pasado nada que justifique tanta ira y temor por vuestra parte.– Miró a sus hijos con severidad– Tú especialmente, Ibrahím, has actuado de forma desproporcionada y yo diría que hasta ridícula.

El rostro carilleno y moreno del aludido se puso color teja:

– ¡Yo no lo veo así! ¡Esa cretina ha atraído sobre esta casa y esta familia la atención de la policía y de los Servicios Secretos, en un momento político en que los islámicos tenemos que andar con pies de plomo! No quiero que interfieran en nuestros asuntos; tenemos numerosos negocios e intereses que cuidar...

–...Pero todos son legales ¿verdad? – Interrumpió Ashma con voz casi ronroneante– Siempre hemos sido una familia importante, pero honesta y fiable. No tenemos nada que temer ni que ocultar: por tanto – se incorporó, con ayuda de su bastón– ¡no quiero oír hablar más de este asunto! Y tú, Salima – la joven se había puesto de pie, para ayudarla– ¡de aquí en adelante no irás a ninguna parte sin informarme previamente! Ahora, vete a tu habitación.

Salima obedeció, satisfecha de haber salido tan bien librada: aún le dolían las vértebras del cuello por los furiosos jamaqueos de Ibrahím. Pero su espíritu estaba igualmente inquieto, e igualmente alerta, que antes de salir para ver de cerca a Ronald Reagan... Lo que sabía, le pesaba en el pecho como una losa.

Michael Bradford examinaba entre sus manos diversos documentos, sentado ante una mesa de despacho: a su lado, humeaba una taza de café. Meticuloso, iba colocando ordenadamente en su sitio cada papel, cada recorte de prensa, cada fotografía, después de examinarlas con detenimiento. Sus dedos largos y fuertes – su madre solía decirle que tenía manos de pianista...o de cirujano– se movían con singular habilidad. Quería refrescar bien su memoria de los hechos ocurridos no hacía tanto tiempo: el fracaso absoluto de la Operación Garra de Águila, destinada a salvar a los rehenes norteamericanos, retenidos por los fanáticos universitarios enviados por Jomeini a tomar la Embajada de USA en Teherán. Había ocurrido el 4 de Noviembre de 1979: al grito de "!Marbar América!" – "!Muerte a América!"– la multitud se había apoderado de la Embajada, reteniendo en su interior a 53 norteamericanos y exigiendo, para su liberación, que el depuesto Sha de Persia – Mohamed Reza Pahlevi, momentáneamente asilado en EE.UU. para operarse de un cáncer– fuera entregado a la justicia iraní para ser juzgado y condenado a muerte. Aquel secuestro se convirtió en una sangrante ofensa al pueblo norteamericano, pues habría de durar más de un año...El 25 de Abril de 1980, una secreta operación relámpago que implicaba a los tres ejércitos de los Estados Unidos, denominada Garra de Águila y destinada a liberar sorpresivamente a los rehenes, fracasó estrepitosamente por una serie de fallos inexplicables en los helicópteros militares que realizarían la arriesgada misión. La operación requirió del apoyo de diversos países árabes, como Egipto, Baréin, Turquía...Y también Israel. 132 escogidos voluntarios eran el equipo de hombres seleccionados para la espinosa misión: Michael había estudiado los expedientes de todos ellos. Pero se cometieron varios errores, que habrían de costar caro: uno, y no el menor, fue no calcular adecuadamente que los helicópteros RH–53 no tenían el alcance autonómico suficiente para volar, sin repostar, la distancia que se precisaba. "Alguien" había alterado los informes sobre la cuestión. "Alguien" también trucó el parte meteorológico, ocultando la posibilidad de una inminente tormenta de arena. "Alguien" ocasionó un problema en el sistema hidráulico de uno de los helicópteros, y también "Alguien" causó una enorme confusión con informaciones contradictorias sobre las horas y enlaces. Finalmente, "Alguien" provocó un terrible accidente entre los helicópteros: una pala del rotor de uno de ellos rozó un cable del fuselaje de uno de los aviones–cisterna EC–130 y lo cortó, causando una gran explosión cuya llamarada envolvió a las dos aeronaves. El resultado fue que aquella Operación, tan alambicadamente planificada, terminó en desastre: ocho norteamericanos muertos de entre la élite de las Fuerzas Armadas, un helicóptero abandonado en el desierto y una humillación más para el país: el presidente Jimmy Carter apareció en televisión, diciendo: "Fue mi decisión intentar el rescate y también fue mi decisión cancelarlo todo, cuando surgieron problemas graves". Nadie podía explicarse aquella cadena de fallos y el aspirante a nuevo inquilino de la Casa Blanca, Ronald Reagan, con visible malestar y firme voluntad, advirtió de la necesidad de acabar de una vez con aquella situación, humillante para América. En su programa electoral figuraba una subida del presupuesto para los gastos de las Fuerzas Armadas, y nadie pudo dudar de que, si llegaba a la Presidencia antes de que el tema se hubiera zanjado satisfactoriamente, intervendría militarmente en Persia – ahora, Irán–. Los cadáveres de tres jóvenes marines muertos en el accidente del llamado "Desierto Uno", fueron expuestos vejatoriamente por la multitud fanatizada que rodeaba la Embajada, mientras se dedicaban a quemar banderas norteamericanas y los rehenes continuaban su largo calvario.

En todas las investigaciones que realizó sobre el tema, Michael Bradford se encontraba con lo mismo: confusión, órdenes contradictorias, errores inexplicables...y sólo tuvo una pista: un hombre – Tarek Shardif– sobreviviente de aquella misión, experto en la especializada mecánica de helicópteros de guerra, que pudo dar un informe erróneo sobre la capacidad de volar sin repostar de los RH–53, y que también tradujo del árabe (¿mal?) un parte meteorológico que tendría que haber anunciado una tormenta de arena...Un hombre de extraordinaria belleza física y notable hoja de servicios, que parecía haber ascendido demasiado rápido, o gozar de una confianza inusual entre algún que otro alto mando. Su brillante trayectoria se veía, no obstante, algo oscurecida por una supuesta relación, nada clara, con un Coronel de las Fuerzas Aéreas que había pasado a disponibilidad de retiro al iniciarse, precisamente, ciertas habladurías sobre su homosexualidad. Pese a todos estos indicios, que puso a disposición de sus jefes, la investigación no prosperó y la Operación Garra de Águila pasó a ser considerada únicamente como un gran fallo; una cadena de torpezas y de errores, empeorados por un golpe de mala suerte en forma de tormenta de arena.

Pero él no olvidó ni el nombre ni el rostro de Tarek Shardif. Y tenía motivos para no olvidarlo. No era la primera vez que veía aquel rostro…Michael se pasó lentamente la uña del dedo pulgar a lo largo de la mandíbula, mientras recordaba cada detalle de algo muy doloroso para él, y que pertenecía a un pasado no tan lejano.

Un mes después del frustrado intento de rescate, uno de sus contactos iraníes – un antiguo jefe de policía de la Persia donde gobernara el Sha– le pasó una fotografía: fue realizada el día del asalto a la Embajada, cuando un grupo, de entre los furibundos estudiantes guiados por el imán Jaljali, se desgajaron de la gigantesca manifestación de protesta antiamericana – por la supuesta complicidad de esta nación con el depuesto Sha– y se decidió a entrar por la fuerza en el recinto, ignorando la inmunidad diplomática del mismo. A la cabeza, en actitud de arengar a los demás, se veía a un hombre joven: un hombre que él ya conocía como peligroso alentador de actos vandálicos contra Occidente: Mahmud Ahmadineyad. Y a su lado, con una mano familiarmente apoyada en su hombro, un joven – con la otra mano en alto, empuñando un arma de fuego de fabricación soviética– mostraba apenas su perfil: pero era un perfil que Michael hubiera reconocido en cualquier sitio. Un perfil de nariz perfecta; un rostro de medallón romano que no lograba alterar la belleza de sus rasgos con el nuevo aspecto de apretados rizos negros bajo la blanca ghutra, atada alrededor de su cabeza. Sólo se veía uno de sus ojos, pero este era notablemente claro: en la fotografía en blanco y negro, parecía tener el iris blanco.

El hombre que le trajo la fotografía volvió a guardarla entre sus ropas, rápidamente. Estaban en medio de una calle bastante tumultuosa, de Teherán; Michael Bradford vestía con ropas occidentales y tenía en regla todas las credenciales de un reportero de la televisión suiza; aun así, no era prudente pasearse por ahí.

– Quiero esa foto.– Dijo.

– No. La necesito para protegerme; han dado conmigo. Sólo quería que la vieras. Tengo tres horas para abandonar el país, como sea.

– ¿Necesitas ayuda?

– Creo que podré escaparme, por mis propios medios, por la frontera con Turquía. Tengo mi gente preparada, esperándome.

– Pero– añadió el hombre, que era un cincuentón recio y cobrizo:

– Traigo un recado para ti. Ve a esta dirección.

Desapareció entre la multitud, tras depositar un papel en su mano. Michael dio un vistazo al papel y luego lo hizo añicos, dejando caer los pedacitos a medida que andaba; dio media vuelta para regresar a su hotel, entre las miradas hostiles de la gente. (Su amigo jamás abandonaría Irán, pues fue tiroteado en plena calle poco después de aquella conversación.)

Anochecía cuando Michael, ataviado con una larga chilaba de franjas verticales, marrones y negras – era de estatura muy elevada– y un rojo fez sobre la cabeza, al estilo marroquí, cruzaba las calles de Teherán hacia un arrabal al este de la ciudad, donde vivían algunos cristianos adeptos a la Iglesia Católica Caldea. Era un barrio pobre, y no se veía mucha gente por las calles...varios niños, jugando con tierra como hacen todos los niños del mundo, y algunas mujeres, de paso rápido.

Michael se paró ante la pequeña iglesia, que no tenía cruz ni campanario, pero sí una hermosa espadaña blanca bastante elevada. La puerta principal, de madera, estaba rota...Michael le dio la vuelta y vio detrás la vivienda del sacerdote. Había varias pintadas con pintura negra, en árabe y en inglés – con muchas faltas– y ninguna era agradable. Llamó al timbre y esperó.

Sintió el arrastrarse de unos pies que se aproximaban y no tardó en verse ante un hombre muy anciano, encorvado, y con una espesa barba gris. Tenía los ojos enrojecidos. No demostró sorpresa al verle. Se hizo a un lado, amistosamente.

– Le esperaba. – Dijo:

– Quiero que vea algo...Hossein me dijo que era usted católico romano.

– Lo soy.

– Nosotros estamos en comunión con la iglesia de Roma.

A medida que hablaba, y tras cerrar cuidadosamente la puerta, el anciano sacerdote iba avanzando en pos de su visitante – vestía sotana negra, con una gran cruz dorada sobre el pecho– por un pasillo bastante oscuro, de madera. Abrió una puerta y sus goznes rechinaron; le dio a un conmutador y la luz inundó la nave de una iglesia pequeña, pero que debió de ser muy hermosa antes de recibir el vándálico ataque cuyas huellas mostraba.

El anciano siguió avanzando, casi hasta el dorado altar mayor. Los acerados ojos de Michael ya se habían fijado en algunas cosas...Un huesudo dedo artrítico le señaló las pintadas hechas sobre el propio altar:

– Vea...– Dijo el clérigo, con tristeza.

– "¡Empieza la era de Lucifer!" – Leyó Michael; estaba escrito en árabe y también en inglés, con pintura negra. Poco más allá, con pintura roja: "Lucifer ha estado aquí" y "Lucifer reinará en la tierra: es su hora". Restos de rituales de magia negra estaban esparcidos por el suelo: un retrato del Papa Juan Pablo II tenía los ojos traspasados por dos alfileres de sombrero, de negras cabezas. Sobre un icono de la Virgen

María dando el pecho al Niño Jesús, unos dedos llenos de excrementos habían embarrado la policromada superficie. Por las paredes laterales, debajo de cada cruz que señalaba el Vía Crucis, había un extraño dibujo: Michael los fue recorriendo, haciendo fotografías con su pequeña cámara...Uno de ellos le dejó muy intrigado: eran dos altas edificaciones, como dos estilizadas paredes verticales, ardiendo. Otro era un revolver apuntando a la cruz, otro parecía ser – toscamente– la cúpula de San Pedro, también incendiada...Los otros dibujos eran simples pinturas sacrílegas y llenas de abominación hacia los símbolos sagrados, como los cálices, las cruces... A su lado, unos pasos más atrás, el viejo sacerdote le iba explicando:

– Tiraron el agua bendita y se orinaron en las pilas, desparramaron el vino – afortunadamente, no estaba consagrado– y pisotearon las sagradas formas. Pronto borraremos todo esto, pero quería que usted lo viese...Retiramos el cuerpo de un chivo del altar mayor, que – como ve– está lleno de sangre: el animal había sido cosido a puñaladas. Hay cosas muy inquietantes. En esa esquina, junto al confesionario, pone: "Ya nada volverá a ser como antes, esta es una guerra y la ganará Lucifer".

– ¿Vio usted a los asaltantes?

– No. Unos hombres entraron en la casa y me ataron en una silla. Fue un vecino, aterrorizado, quien me soltó después. Él sí pudo verles: eran un grupo de hombres jóvenes, muy exaltados; no llegarían a cincuenta. Amenazaban de muerte a todo el que se acercase. ¡La gente huye y se esconde cuando se presentan estas turbas!

– ¿Parecían todos iraníes?

– Sí. Bueno...Había uno – uno de los cabecillas– que vestía como un persa, pero su rostro, según mi informante, era un rostro más bien occidental: un hombre muy guapo, como sólo se ve en las películas ¡y tenía los ojos azules, muy claros, como nunca los tiene un iraní! Mi...informante dijo que era el más furibundo: parecía poseído por una furia infernal.

Michael aguzó el oído:

– ¿Querrá... su informante, ser interrogado por mí?

– ¡No! ¡En absoluto! Fue el único testigo y tiene mucho, muchísimo miedo; no quiere saber nada del asunto. La gente está aterrorizada, recibimos continuas amenazas; somos una comunidad cristiana muy pequeña.

– Trate de repetirme entonces todo lo que le dijo sobre ese hombre, en el cual se fijó...

– Qué avanzaba a la vanguardia, junto a dos más...gritando y maldiciendo, y que le llamó la atención por su apostura y por sus ojos claros; un hombre muy guapo, joven, algo más blanco de tez que los demás, pero moreno, con una ghutra blanca enrollada a la cabeza. !Y, ese vecino añadió algo, que no puede ser más que una fantasía, un exceso de imaginación...!

Michael volvió hacia el anciano sus grises ojos, que reflejaban un hondo interés:

– ¿Qué es ello?

– Dijo que aquel hombre encendió una fogata con sus propias manos, en el exterior, en la puerta de la iglesia: allí echaron luego varias cosas, manteles, cuadros...quemaron una bandera americana y un retrato del Sha, que debían de portar con ellos mismos, porque en la iglesia no los había, como es natural.

– Quiere decir...– Se pasó la uña del pulgar desde la mandíbula al mentón, meditativo– ¿Que prendió fuego sin utilizar ningún fósforo, ni mechero...?

– Eso es. Con las manos desnudas.

– ¡Pero su vecino no puede estar seguro de eso, no estaría tan cerca como para observar cada detalle! ¡Pudo sacarse un mechero del bolsillo, y esconderlo rápidamente!

– No. El hombre estaba en la ventana de su casa, agazapado, espiando...El fuego frente a la puerta de la iglesia se hizo muy cerca de su casa; está la huella negra de la fogata, muy cerca de su ventana: dice que vio al hombre pasar su mano sobre el papel, y la tela de la bandera, y surgir una llamarada de forma espontánea.

– ¿A qué hora ocurrió eso?

– A las tres de la tarde.

– Padre: ese vecino ¿es un hombre fiable?

– Por supuesto. Y no es tan anciano como para desvariar. Precisamente, ese detalle del fuego es de las cosas que más le han aterrorizado.

– Está bien. No repita nada de esto a nadie, tenga mucho cuidado. Toda la comunidad debe de estar muy alerta; no llamar la atención para nada.

– Sabemos que se ha iniciado una escalada de persecuciones, que quién sabe hasta dónde puede llegar, pero tenemos confianza en Cristo, Nuestro Señor.

"Una escalada de persecuciones que quién sabe hasta dónde podía llegar..." Tal vez fuera así– meditaba Michael– tal vez ya nada fuera igual que antes, a partir de la instauración de la ley islámica en Irán. Radicalización de todo un mundo, connivencia con el terrorismo, guerra "santa" que no se detendría ante nada...pero no eran sólo los radicales islámicos; existía un nudo de intereses comunes, un cúmulo de complicidades y afinidades que era preciso descubrir; Occidente se enfrentaba a un peligro casi desconocido, ya no era sólo la Unión Soviética, con su constante deseo de implantar el comunismo en el mundo por cualquier medio, sino el advenimiento del Terror como forma de lucha protegida por multitud de intereses. Y el Terror venía de la mano de un poder que siempre ha existido en el mundo – el poder del Mal– pero que, de repente, cobraba carta de naturaleza, tal vez por el apoyo de las sectas satánicas infiltradas en todas partes. Michael sabía bien que era un lucha difícil, una lucha contra algo que se escapaba de la normalidad. Pero en la agencia de inteligencia para la cual trabajaba, ya habían tenido muchos contactos con dichas fuerzas, aunque esto era materia reservada, imposible de trasmitir al gran público. Conocía las infiltraciones de los demoníacos adeptos de "La Iglesia de Seth" y otras fundaciones por el estilo, en todos los estamentos de la sociedad, y su afán aniquilador de todo cuanto conocemos y consideramos el patrimonio moral y cultural de nuestra civilización. Tenían el apoyo más o menos tácito de diversos y muy heterogéneos grupos, como los partidos comunistas, el liberalismo salvaje capitaneado por lo que suele denominarse "el Gran Capital", la masonería internacional, y algunos poderosos "looby`s", tanto "gays" como ultra feministas radicales, y grupos antisistema, etc. Toda una maraña de complicidades, que estaban tejiendo una tela de araña destinada a asfixiar al mundo occidental desde dentro. Michael Bradford sabía que no disponían de mucho tiempo, la situación mundial era muy complicada. Decidió seguir adelante, tirando del único hilo conductor que poseía: el misterioso Tarek Shardif.

La crisis de los rehenes empezó a resolverse con la muerte – por enfermedad– del Sha y por la invasión soviética a Afganistán; no entraba en los cálculos de Jomeini provocar al otro gigante hasta el punto de abocarle a la invasión de Irán, y claramente se percibía que el pueblo norteamericano – cansado de recibir humillaciones– apoyaba plenamente al candidato, Ronald Reagan, ¡y le hubiera apoyado también de decidirse este a intervenir militarmente para resolver la crisis! El día 19 de Enero de 1981, fueron liberados los rehenes, en el último día del mandato presidencial de Jimmy Carter, tras la llamada "Conferencia de Argel".
Quedaba una herida abierta, y muchas preguntas sin respuesta.

Ibrahím Azis–Damar estaba muy nervioso. Era un hombre ambicioso, que poco a poco había ido entrando en una espiral de incontrolable anhelo de dinero y de poder, al tiempo que se radicalizaba como creyente y como árabe, en una postura de superioridad y de infinito desprecio hacia el mundo cristiano occidental. Como hermano mayor, se sentía cabeza de familia, aunque la opresora autoridad de su madre le frenase continuamente, para gran disgusto suyo. Decidió actuar por su cuenta y riesgo, disimulando ante aquella cuanto podía. Contaba con la aquiescencia de sus hermanos, tan sometidos al férreo control materno como él mismo, pero con idénticas ansias de liberación. Su esposa no contaba; Farah era un cero a la izquierda que haría siempre cuanto él le dijese. En aquella familia nadie se había independizado: Ashma adquirió también el piso de al lado – ubicado en un edificio de quince plantas, con dos viviendas en cada una de ellas– suficientemente espaciosos ambos como para albergar a varias familias, y a la servidumbre interna que pudieran tener. Había hecho derribar el muro que las separaba, haciendo formar un arco, y cerrar una de las puertas principales de acceso, de forma que la vivienda fuera ya una sola, de 600 m–2. Era una mujer muy rica, no sólo por su matrimonio, sino por una importante herencia recibida de su padre, hombre que había trabajado muchos años realizando negocios en el exterior, a la sombra protectora del rey de Egipto, Faruk. Se hablaba de joyas y de piedras preciosas, que eludieron la confiscación sufrida por los colaboradores de aquel rey corrupto, en 1953, para dar paso al régimen de Gamal Abdel Nasser. La colección de numismática y de filatelia, más la acumulación de gemas preciosas del padre de Ashma, produjo en el mercado negro una fortuna inmensa, que primero estuvo en Mónaco y en Andorra, y luego pasó a América a manos de la joven Ashma, quien no tardó en contraer matrimonio con un prometedor diplomático, de encumbrada familia, lavando así "la mancha" que su poderoso padre hubiera podido proyectar sobre su apellido, por ser amigo y colaborador del denostado rey Faruk.

Ibrahím tenía sus propios negocios, en los cuales había involucrado a sus hermanos. Se mantenía en una apariencia de legalidad como un equilibrista hace ejercicios en la cuerda floja; los hermanos Azís–Damar y sus negocios de exportaciones e importaciones, hacían muchas veces de tapadera para otros negocios muy lucrativos, como el tráfico de armas, que mantenían con otros negociantes amigos, de Pakistán, algunos emiratos árabes, Irak, Egipto, Irán, y

Afganistán...y por supuesto, detrás de ellos, la Unión Soviética, principal suministradora de las armas en cuestión – muchas, fabricadas en Moldavia– que eran entregadas puntualmente sin mirar la identidad del comprador: la narco guerrilla colombiana, o los terroristas de ETA, la Brigadas Rojas o Al Fatah. Ahora que el conflicto con Afganistán auguraba un largo período de actividades bélicas, la situación podía significar una mina de oro para los traficantes más avispados, así se lo había confirmado el más importante de sus intermediarios, un ex oficial de las Fuerzas Aéreas de los Estados Unidos – nacido en Egipto, pero de nacionalidad norteamericana– que actuaba como enlace con los países árabes; un hombre muy apuesto, activo y eficaz, llamado Tarek Shardif, quien también le había advertido sobre los crecientes peligros de aquellas operaciones fraudulentas, pues el servicio secreto internacional, y especialmente el de EE.UU., había extremado su vigilancia. Hasta ahí llegaban sus hermanos, Abdulah y Omar, comprometidos como él en el asunto de las armas...Pero sola y únicamente él, estaba comprometido hasta el cuello en el entramado que planificara concienzudamente un magnicidio: el asesinato del recién elegido presidente de los Estados Unidos, Ronald Reagan, y otros actos de terrorismo destinados a cambiar la historia del mundo y a inclinar la balanza, definitivamente, del lado de quienes protagonizaban una lucha a muerte contra el mundo Occidental, el Cristianismo y, muy especialmente, contra la Iglesia Católica, como pilar indiscutible de un Occidente creyente, que se aferraba a sus costumbres y a sus tradiciones. Una gigantesca operación de gran envergadura, cuyo pistoletazo de salida sería la muerte del presidente de la nación más poderosa de la tierra, como venganza por haber conseguido mantener el tipo durante la crisis de los rehenes, haciendo al fin doblegarse al recién nacido poder radical islámico, instaurado por el Ayatolah Jomeini, que hubiera visto con mejores ojos el poder pasar por las armas a los rehenes, y exhibir sus cadáveres públicamente, como habían exhibido los tres cadáveres de los soldados muertos y abandonados en el llamado Desierto Uno. Había todo un plan de desestabilización general para el caso de que Ronald Reagan muriese en el atentado, plan al cual no era ajeno el KGB, como había también un plan B para el caso de que el atentado fallase: en el primer supuesto, los islámicos radicales harían una demostración de fuerza para aterrar a la sociedad americana y al mundo occidental. Para el caso de que el magnicidio fallase, no saldría a relucir para nada la mano en la sombra que planificara el atentado: todo quedaría en una intriga estúpida sobre los amores frustrados de un perturbado mental por una artista de cine. ¡La idea del fracaso no podía unirse al nombre de Jomeini!

Todo fue planeado con antelación, hasta en sus más mínimos detalles: el arma utilizada por el magnicida había llegado hasta sus manos por medio de los sicarios de la organización de traficantes de armas que él y sus hermanos dirigían en aquella parte del mundo; también habían dado dinero – a través de Tarek Shardif– para los preparativos, que incluían la búsqueda y adiestramiento mental del hombre adecuado para ejecutar la acción.

Los dos pisos gemelos propiedad de Ashma, habían sido sabiamente modificados por un prestigioso arquitecto, para albergar cada uno a dos familias, incluyendo sus propias cocinas y zonas de servicio: 150 m–2 para cada división. En el ala Oeste, vivían Ashma – con Salima– y un matrimonio marroquí que eran el servicio doméstico de la vieja dama. En la vivienda anexa, habitaban el matrimonio formado por Ibrahím y Farah, y sus dos avispados y guapos hijos varones, de catorce y doce años, que estaban semi internos en un colegio bastante elitista y compartían una habitación, con literas; no tenían empleada de hogar en régimen de internado, sino una asistenta que venía tres horas cada mañana: Farah era una mujer muy casera, que se complacía en guisar y en hacer la compra personalmente en el supermercado. En el ala Este, las otras dos viviendas habilitadas estaban ocupadas por Abdulah, el hijo segundo, y por su esposa Amina y su hijo de seis años, un niño terriblemente mimado. Tenían a una vieja criada egipcia en régimen de internado, y a una asistenta por horas, que solía cambiar con demasiada frecuencia, según el temperamento de Amina, mujer exigente y muy propensa a quejarse de todo. En el hogar contiguo, vivían el hijo menor – Omar– y su esposa Leila, quien no podía tener hijos y estaba obsesionada por el tema de la maternidad. Estos tenían una criada mejicana todo el día, pero que iba a dormir a su casa, y una asistenta que venía unas horas dos veces a la semana, para planchar. A veces los hijos – y las nueras– de Ashma, se quejaban de "falta de espacio", de la carencia de un jardín propio, o de "escasa intimidad", pero las quejas no tenían mucha consistencia, pues estaban en una zona privilegiada de la capital, en un edificio de lujo con todos los adelantos modernos, y ninguno de ellos pagaba renta alguna. Salima nunca iba a la parte Este del inmueble, pero en cambio de vez en cuando sí solía entrar en la vivienda reservada para Ibrahím, pues compartían el mismo tendedero y a veces alguna sábana del matrimonio iba a parar al armario de ropa blanca de la casa de Ashma, por error: aquella había encargado a la muchacha – principalmente para evitar que estuviera ociosa– la supervisión de esta ropa, pues la anciana era muy estricta en cuanto a la perfecta higiene, marcado, lavado y planchado de la abundante ropa de uso doméstico que poseían.

La joven se extrañó de ver a Ibrahím tan afanado, hablando por teléfono en la habitación que tenía destinada como despacho; un cuarto no muy grande, con una hermosa ventana, que era su "sancta sanctórum": por la entreabierta puerta divisó de perfil al corpulento hombre intentando escribir en una pequeña agenda de tapas negras, al tiempo que sujetaba, con un hombro alzado, el teléfono junto a su oreja. Hablaba de forma susurrada, pero le conocía lo bastante como para darse cuenta de que estaba excitado y nervioso. No le extrañó lo de la agenda, pues conocía su puntilloso afán por llevar todo escrito y cronometrado al segundo, en las varias agendas que solía portar encima – cuadernillos pequeños: uno de tapas rojas para las citas y entrevistas, otra de tapas verdes para nombres y direcciones, y la de tapas negras, para recordar cuestiones muy personales.– No podía vivir sin sus agendas, que consultaba con frecuencia, y cuando los cuadernillos estaban completos, solía quemarlos. Pero si aquello de apuntar era algo normal en él, no lo eran su estado de excitación, su voz susurrante y llena de apremio, sus manos trémulas y su frente perlada de sudor: todo esto lo intuyó – más que vio– Salima al pasar silenciosamente por delante de la puerta, y lo pudo contemplar mejor cuando venía de regreso, una vez dejada la sábana bien doblada sobre una silla de la cocina. La muchacha, no muy alta de estatura, delgada y de huesos finos, había aprendido a caminar como un felino, para no molestar. No llevaba zapatos de tacón, sino cómodos mocasines de "suela espuma". Fue entonces cuando quedó como paralizada en medio del enmoquetado pasillo al escuchar:

– Mañana, en el Washington Hilton Hotel…a las 2, 30 p.m., definitivo…!El maldito no saldrá vivo!

Salió de aquella vivienda tan sigilosamente como entrara, cerrando la puerta tras de sí, con el rostro pálido y demudado bajo el espeso y largo flequillo que le tapaba las bien dibujadas cejas negras, un poco demasiado juntas. Se asustó, porque ella había visto y oído por televisión, ese mismo día, que se esperaba un encuentro con varios miembros importantes del Partido Demócrata con el recién elegido presidente de los Estados Unidos, Ronald Reagan, para el día siguiente al mediodía ¡precisamente en el Washington Hilton Hotel!

Cuando traspasaba el dintel de su propia parte de casa – el "hall" era común para ambas– oyó a sus espaldas los pasos de Ibrahím: tal vez este sintiera la puerta al cerrarse…O tal vez no; tal vez simplemente hubiera colgado el teléfono y casualmente se encaminara también hacia la casa de su madre. El momento en que estuvo detenida por el estupor, la había hecho perder algo de tiempo; el caso es que Ibrahím la llamó:

– ¡Eh, tú! ¿De dónde vienes, vienes de mi casa, qué hacías

ahí?

Salima giró en redondo, con el rostro como la grana:

— No, yo...Sí...–Vaciló– Vengo de tu casa; he ido a dejar una sábana.

— ¿Cuánto tiempo has estado allí? ¿Estabas espiándome?

El hombre la cogió con brusquedad por un brazo y se lo retorció: Salima ahogó un grito, para no alarmar a Ashma:

— ¡No! ¿Por qué iba a espiarte? ¿Qué te pasa, Ibrahím? ¿Por qué estás tan enfadado?

— ¡Te he dicho mil veces que no entres en mi casa, pequeña basura! Caminas como una gata, me pones nervioso...!Quiero tener intimidad! ¿Me oyes? ¿Desde cuándo estabas en mi casa?

— Acabo de salir ¡no he hecho más que dejar una sábana, que estaba equivocada, sobre una silla de vuestra cocina! ¿Qué he hecho de malo?

Ibrahím comprendió que debía serenarse. Aquella estúpida — pensó— sin duda decía la verdad. No era probable que hubiera escuchado nada, y de haberlo oído, seguramente no lo habría comprendido. Sacó un blanco pañuelo del bolsillo y se secó el sudor de la frente:

— Está bien. – Dijo, más sereno– Pero recuerda que me molesta que andes husmeando por nuestra casa; no tienes nada que hacer allí. Procura no disgustarme, o me veré obligado a quejarme a mi madre.

— No iré más, si no quieres, pero sólo obedecí las órdenes de tía Ashma.

El hombre dio media vuelta, se detuvo un instante como si dudara sobre lo que debía hacer, y volviendo sobre sus pasos retornó a trasponer la puerta de su propia vivienda. La muchacha respiró con alivio y se dirigió velozmente a su habitación. Necesitaba pensar; se hallaba profundamente alterada.

Salima no estaba acostumbrada a resolver problemas de alto calibre; hasta ahora, su máxima preocupación había sido buscar siempre la manera de no llamar la atención, de no molestar, para preservar lo más posible su propia libertad e independencia. Su imaginación se había sustentado de novelas y películas; en aquel momento, le vinieron a la mente muchas de ellas, especialmente una – protagonizada por Frank Sinatra y Sterling Hayden, y llamada "De repente" – que trataba de un intento de magnicidio. Porque aquellas palabras que escuchara: "Mañana, en el Washington Hilton Hotel,...a las 2. 30. p.m., definitivo...!El maldito no saldrá vivo!" ¿A qué podían referirse, sino a un intento de asesinar a Reagan? Ella era testigo de la creciente animadversión que aquel político causaba en los tres hermanos; era testigo de la paulatina radicalización que los miembros masculinos de la familia – especialmente Ibrahím– estaban experimentando desde que el Ayatolah Jomeini propusiera la República Islámica y pasara a ser considerado como un Mahdi, un salvador del Islám, un líder mesiánico que conduciría al Islam a la posesión de todo el orbe. La misma Ashma se había mostrado preocupada por aquel notable cambio e intentado, inútilmente, frenarlo. No hacía muchos días, Omar – el más místico de los tres hijos– había expresado su deseo de que todas las mujeres de la familia cubriesen sus cabellos hasta la raíz, con el hiyab, para salir a la calle.

– He pedido a Leila que lo haga y no tiene inconveniente; tú deberías hacer lo mismo, madre, así como vosotras, cuñadas, y, por supuesto, Salima.

Estaban todos en el salón de recibir de la casa de Ashma, decorado con dos hermosos sofás recubiertos de piel marrón y un sillón forrado del mismo material, donde solía sentarse la matriarca. Los niños no asistían a aquella reunión familiar, espontáneamente surgida tras un almuerzo en común, con motivo del cumpleaños de Salima. Ashma miró a su hijo menor, con disgusto: era un hombre guapo, moreno y no muy alto, de espeso bigote. Siempre había sido el más devoto de los tres, y ahora hablaba con una nueva exaltación, que la sorprendía. Sus oscuras cejas se fruncieron sobre los almendrados ojos negros, que refulgieron al preguntar:

– ¿Por qué? ¿Por qué ahora está mal lo que hasta ahora ha estado bien? Mi familia se negó a usar el hiyab cuando salimos de Egipto; yo nunca lo he llevado y no me considero una mujer pecadora. Salima lo usará, si lo desea ella.

– ¡No comprendes, madre! Un nuevo amanecer se cierne sobre el Islam: hemos languidecido durante mucho tiempo y las naciones no nos han respetado, porque fuimos perdiendo en la indolencia nuestras señas de identidad. Estamos destinados a dominar la tierra, porque somos portadores de la verdad. Pero sólo si nos atenemos a las palabras exactas del profeta conseguiremos el resurgir de nuestro pueblo y de nuestra fe.

– ¡Bah! ¡Palabras necias de ese viejo iluminado, el Ayatolah Jomeini! Durante siglos hemos convivido sin problemas con todos nuestros vecinos, ha llevado el hiyab la que ha querido llevarlo –o la que lo ha tenido que llevar, por imposición de su marido– y quien no ha querido, no lo ha llevado. Mi difunto esposo, vuestro padre, nunca me impuso nada, y yo he sabido llevar una actitud recatada y decente toda mi vida, sin hiyab. ¿A qué viene eso de dominar la tierra? Son ideas que únicamente pueden traer guerras y sangre.

El rostro terso y moreno, enrojeció; la voz de Omar sonó más aguda al replicar:

– ¡No sé cómo puedes hablar con tanta ligereza de un hombre que, a la vista está, es un escogido de Alá!!El Gran Guía de la revolución más importante de la Tierra1 ¡Un Mahdi! ¡El Ayatolah Jomeini nos está señalando el camino, la senda por donde debemos transitar como pueblo, si queremos alcanzar el absoluto esplendor del Islam!

Ashma alzó el dedo índice de su mano derecha y respondió con voz cortante:

– ¡Esas ideas extremistas son peligrosas! Mira a las esposas de los reyes, como la mujer del rey de Jordania: no cubre su cabeza. Mira a las esposas de muchos diplomáticos musulmanes: no cubren su cabeza. No podemos retroceder, sino avanzar. Me niego a seguir esta absurda conversación.

Ibrahím vio el momento de intervenir, apaciguador:

– Ya sabes, madre, que Omar siempre ha sido, de entre nosotros, el más devoto. Yo no le doy tanta importancia a los signos externos.

– Yo, desde luego – interrumpió Amina, malhumorada– jamás llevaré esa incómoda prenda.

Leila saltó, con visible coraje: su rostro hermoso – aunque algo caballuno– reflejaba indignación:

– ¡Tú deberías de hacer lo que tu marido te dijese, sin querer imponer tu opinión!

– ¡Basta! – Ashma cerró un instante los ojos y luego continuó, con autoridad– Estamos en América. Seguiremos vistiendo con decoro y decencia como buenas musulmanas, como siempre hemos hecho: y sólo en caso de viajar a algún país del Islam, se podría volver a plantear el tema. No quiero oír una palabra más.

Abdulah nada había dicho, pero estaba claro que apoyaba a sus hermanos en lo referente a volver a conquistar la gloria del Islam y alcanzar su completo predominio sobre la tierra: era como si las palabras encendidas del clérigo iraní les hubiesen conducido a todos a un estado de hipnosis colectiva. Ninguno de ellos parecía ya el mismo.

Ashma no veía con buenos ojos el creciente odio de sus hijos y nueras hacia Occidente, y especialmente hacia Estados Unidos: en otra ocasión, fue Ibrahím quien despertó su ira:

– Vivimos aquí desde hace mucho tiempo…Este país nos ha dejado en paz y hemos centuplicado nuestra fortuna ¿a qué viene ahora ese odio? ¿Es que no debemos hacer lo posible por continuar como hasta ahora, tolerándonos, respetándonos y conviviendo en paz?

– ¡No habrá paz ya nunca más, madre, mientras no prevalezca la completa supremacía del Islam!–

– ¡La supremacía del Islam debe ser nuestro ejemplo, nuestro trabajo, nuestra propia valía, esa es la supremacía! ¿A qué viene tanto pensar en sojuzgar a los demás? ¡Os quejáis de que América sojuzga con su poderío económico…! ¿Quieres que nosotros hagamos lo mismo?

– Ellos son infieles, madre – adujo Abdulah– y nosotros creyentes ¡fieles seguidores del profeta!

– ¡Y vosotros sois también un hatajo de estúpidos, que

vais a dar al traste con lo que tanto costó forjar! ¡Vais a conseguir que este país nos deporte...y entonces veréis lo que es bueno...!!Ninguno de vosotros vale la mitad de lo que valía mi padre, o de lo que valía mi esposo! ¡Ninguno de vosotros me dais ni por la suela del zapato a mí! ¡Habéis recibido todo hecho, todo trabajado, sin apenas hacer un esfuerzo! ¡Estáis acostumbrados a vivir como sultanes, sin haber bregado nunca con las verdaderas dificultades de la vida! ¡Y ahora estáis a punto, por vuestro fanatismo de nuevo cuño, de hacer que todo lo que tenemos lo podamos perder en un momento! ¿No veis que vivimos tiempos difíciles? ¡No podéis colocaros en esa postura de radicalismo y antiamericanismo, cuando nuestra fortuna está toda en este país! ¡Quitaros de mi vista! ¡Fuera! – La mujer gritó, colérica, señalando la puerta– ¡No soporto vuestras continuas estupideces y lugares comunes! ¡Parecéis un disco rayado, dictado por Jomeini!

Los tres hermanos desfilaron hacia la puerta en silencio, con los rostros contraídos por la ira y los puños apretados: especialmente Ibrahím, se sentía humillado porque aquella terrible reprimenda había sido hecha en presencia de Salima. La muchacha se encontraba violenta, incómoda...El color asomaba a sus mejillas redondeadas.

– Salima: ve a mi cuarto y tráeme ese abanico que me regaló el Cónsul de España. Está en el cajón de mi mesilla de noche.

Cuando regresó con el abanico, Ashma parecía más calmada. Se sentó a su lado en silencio, mientras la anciana se abanicaba. Todavía había un gesto adusto en sus hermosas, pero duras facciones:

– Piensas que soy demasiado dura con ellos ¿no es verdad? No me ocultes tus pensamientos.

– Pienso...que tal vez te has excedido un poco, tía. Se han sentido humillados y eso no es bueno.

– Pues...!Puedes estar segura de que ahora me valorarán más aún! Mira: mi madre era una mujer muy dulce; sufrió el exilio, no pudo volver a ver a su familia en mucho tiempo, soportó a las concubinas de mi padre, en silencio...Aquí no se puede tener más que una esposa: él trajo a sus otras esposas haciéndolas pasar por primas, parientes pobres a quienes deseaba ayudar. Ella pasó por esta vida como una sombra: ¡con toda su dulzura, y nadie la recuerda...! Yo misma, apenas pienso en ella. Mi padre en cambio era un ogro: un fruncimiento de sus cejas nos causaba colitis; nos educó con vara de hierro: era millonario, y sin embargo, si no queríamos una comida a mediodía, nos la ponían de nuevo por la noche, recalentada...Y ¡o lo comías, o te ibas a la cama también sin cenar! La servidumbre le temía y lo adoraba a un tiempo: ha pasado a la historia. El hábil y enérgico muñidor de la inmensa fortuna del rey Faruk, tiene escritos hasta romances sobre su persona y aventuras. Es una figura legendaria, y en la familia todavía se pronuncia su nombre con inmensa reverencia. Fíjate en la Historia...

Ashma se detuvo un momento, pensativa...hablaba como para sí misma, como si se hubiera olvidado de la presencia de la joven, cosa que le pasaba con cierta frecuencia. Salima aguardó, en respetuoso silencio.

– Sí – continuó– mira la Historia...El rey Faisal del Irak se educó en Inglaterra; era moderno, evolucionado, hizo grandes mejoras en poco tiempo, llevó tractores y sustituyó por maquinaria actual a los antiguos arados de bueyes...Hizo vacunar a los niños, inició una campaña de alfabetización y...fue blando: quiso hacer de Irak un país democrático y moderno. Le odiaron. En una revuelta de radicales, le arrojaron de cabeza por una ventana del palacio. Su primo, Hussein de Jordania – ambos quisieron unir a los dos reinos hachemitas– no corrió la misma suerte porque supo ser más fuerte. –

La mujer sonrió y volvió el rostro hacia la muchacha; minúsculas arrugas se formaron en torno a sus ojos grandes, negros y almendrados: unos ojos que tenían algo de bovino, pero en modo alguno los ojos de una pacífica vaca lechera: en todo caso, los de una vaca de casta, como el ganado bravo español.

41

– En las películas que vemos juntas– continuó– ya ves cómo se refleja la memoria del célebre califa de "Las mil y una noches": han hecho de él una hermosa y respetable leyenda de bondad, equidad, y de amor de su pueblo: pero en realidad Harun Al–Rashid fue un guerrero temible, que hizo cortar muchas cabezas y fue implacable con sus enemigos, gobernó con mano dura durante muchos años. Yo, antes de la caída que me invalidó durante tanto tiempo, viajé bastante: fui tres veces a Túnez ¡un país encantador, al cual quisiera pode volver! Y conocí Persia... ¿Crees que el Sha era tan malo como ahora lo pintan? – Dejó oír una risita gutural– ¡Bien que lo querían todos! Sólo una facción, la más fanática islamista, estaba en su contra. No tenía derecho a proclamarse descendiente de Ciro El Grande, desde luego...pero fue un gobernante moderno, logró que las mujeres tuvieran acceso a la Universidad, lo mismo que los hombres...!Y fue blando!

En Turquía, encontramos el reverso de la medalla del Ayatolah Jomeini: Kemal Atatürk, que fue llamado "el gran turco". Hizo lo mismo que Jomeini, pero al revés: defendió el laicismo y la europeización y modernización de Turquía: la convirtió en una verdadera nación. ¡Pero sus métodos para conseguirlo fueron también muy duros: fuerza y represión! Obligó a las mujeres a quitarse el velo de una manera muy drástica: el pueblo le adoró, no por lo que hacía, sino por "cómo lo hacía". Tiene estatuas por todas partes.

– ¡No es posible que les guste que los traten como si fueran manadas de reses! – Exclamó Salima.

Ashma asintió con la cabeza varias veces...

– Les gusta la mano dura ¡la admiran! Desprecian a los blandos. Y no creas que pasa sólo en el mundo árabe: mira a Hitler, rodeado siempre de fervorosas multitudes; y actualmente, observa el fervor casi inhumano de que es rodeado el presidente de Corea del Norte ¡un asesino sin entrañas, que tiene a su humillado pueblo en un puño, completamente sojuzgado! ¡Jamás un simpático mandatario, democrático y liberal en sus acciones, alcanzará semejantes cotas de fervor multitudinario!

– ¡Puede que sean respetados – dijo Salima– pero no amados!

La anciana soltó una risita burlona:

– No creo que a nadie le interese ser amado, sino respetado y ¡sobre todo! Obedecido.

Todas aquellas cosas volvían a la cabeza de Salima, en desordenado diluvio de ideas y recuerdos, como un "puzle". Estaba convencida de que el odio de Ibrahím por Ronald Reagan y lo que este simbolizaba, era muy grande, pero...!Estar en complicidad con un magnicidio de semejante envergadura, le parecía demasiado...! No podía dar crédito a semejante idea...Y sin embargo...

La muchacha se retorció los dedos, largos y finos, en un gesto de desesperada angustia...tal vez – se dijo– estuviese haciendo una montaña de un grano de arena...quizá escuchó mal, tal vez esas no fueron las palabras exactas de Ibrahím...pero si lo eran, si estaba metido en algo feo ¡la familia no se libraría de la deportación, aunque los demás fueran inocentes! No sabía qué hacer, no podía ir con el cuento hasta Ashma, pues Ibrahím sería capaz de matarla luego.

Incapaz de tomar una decisión, Salima dejó que pasaran las horas, con aquella inmensa angustia en el corazón. Por la noche, con el "pinganillo" de su radio transistor colocado en una oreja, volvió a oír las noticias: El presidente de los Estados Unidos estaría en el Washington Hilton Hotel al día siguiente a mediodía, en una reunión con miembros del partido de la oposición.

Cuando Salima fue interrogada por Ashma, al llegar a su casa tras el intento de magnicidio del cual fuera testigo, Ibrahím tuvo la súbita certeza de que la presencia de la chica en aquel lugar no podía ser casual: ella debió de oír algún retazo de su conversación telefónica, acudiendo a las puertas del Washington Hilton Hotel llevada por la curiosidad...Pero – se preguntó con ansiedad– ¿qué era lo que había oído en su totalidad? ¿Desde cuándo estaba en el pasillo de su casa, la despreciable espía? Trató de recordar qué había dicho él, cuáles fueron sus respuestas, para tratar de averiguar hasta dónde podía saber la chica, pero no lograba acordarse... la angustia le hacía imaginar cosas.

Salima fue enviada a su habitación por la anciana dama, quien estaba también llena de angustia y mortificación, aunque tratase de disimularlo. La joven no bajó a cenar, y la criada marroquí le trajo a su habitación una bandeja con consomé de pollo y un flan de huevo. La muchacha no podía tragar, pero se tomó el consomé por pura disciplina: no quería caer enferma. Más tarde, cuando el silencio se hizo en la casa, sintió que alguien intentaba mover el pomo de su puerta: se había cerrado con pestillo. Contuvo el aliento y esperó, con la mirada fija en el pomo que giraba lentamente. Por fin, llamaron con los nudillos. Salima se acercó:

– ¿Quién es? – Susurró.

– Soy Ibrahím: quiero hablar contigo. – La voz era un murmullo apenas audible. Salima sintió miedo, pero aun así, abrió la puerta. El hombre entró y cerró tras de sí:

– Salima – su respiración era afanosa– ¡quiero que me digas toda la verdad! ¡Quiero saber por qué estabas en la puerta de ese hotel! ¡Y quiero saber exactamente todo lo que le contaste a la policía!

La muchacha, que vestía ya un largo camisón blanco de talle imperio, alzó hacia él los ojos, con gran inocencia en la mirada: tenía el largo cabello – suavemente ondulado y negro como la noche– desparramado sobre los hombros, en vez de las trenzas que habitualmente lucía atadas deslucidamente sobre la nuca.

– ¡Pero Ibrahím, si ya lo he contado todo!

De pronto el hombre la agarró con fiereza por el cuello, con ambas manos: sus ojos, inyectados en sangre, la miraron con odio:

– ¡Maldita espía mentirosa! ¡Quiero la verdad! ¿Entiendes? ¡No me valen embustes ni marrullerías!

Sus manos se cerraron en torno al fino cuello moreno y la joven sintió dolor y asfixia:

– ¡Te he dicho la verdad!

Ibrahím pareció darse cuenta de pronto de lo que estaba haciendo, y la soltó con brusquedad: Salima empezó a toser, con el rostro congestionado.

– ¡Escúchame, pequeña basura! ¡Yo me ocuparé de ti! Si dices cualquier cosa a mi madre o a quien sea, estás muerta ¿lo oyes? ¡Estás muerta! Será muy fácil fingir un accidente de coche o de cualquier otro tipo.

Y repitiendo: "¡Estás muerta!" salió del dormitorio.

Salima se echó sobre la cama y empezó a llorar con congoja: tenía el pulso a cien. Mientras se desahogaba llorando, su mente maquinaba desesperadamente una forma de protegerse de aquel peligro.

Al día siguiente, era lunes. La muchacha conocía a la perfección las costumbres de aquella casa. La asistenta no habría llegado todavía. Sabía que Farah salía muy temprano para llevar a los niños en el coche al colegio – pasaban allí la semana, y venían a casa los viernes por la tarde– y que luego iría a un supermercado que le agradaba mucho, pero que estaba bastante distante. Ibrahím no gustaba de madrugar, ni necesitaba hacerlo; acudía a una oficina que los hermanos tenían alquilada dos manzanas más allá, pero nunca llegaba demasiado temprano. Solía ducharse nada más salir de la cama, antes de tomar el desayuno que cada lunes él mismo se preparaba. Habrían podido tener el transporte escolar para los chicos, pero Farah consideraba un deber maternal acompañar a sus hijos el primer día de la semana, y recogerlos los viernes.

Salima entró sigilosamente en la casa. Sintió el agua de la ducha correr en uno de los baños y fue directamente a la habitación de Farah e Ibrahím. Una habitación con dos camas contiguas, decorada en amarillo y con muebles de caoba. En un "galán de noche" vio la chaqueta del traje, preparada; el pantalón estaba, doblado, colgando sobre la barra interior. La muchacha, con los pulsos latiéndole en las sienes, giró la mirada en derredor y halló sobre un "sifonier" lo que buscaba: unos gemelos de oro – con dos rubíes– dos manojos de llaves, una billetera de cuero repujado, un monedero, redondo – del mismo material– un pañuelo blanco, planchado, un minúsculo peine de carey...Y tres pequeños cuadernillos: rojo, negro y verde. Sin dudarlo, cogió el negro, y tan sigilosamente como entrara, salió de la habitación y de la vivienda.

Incomprensiblemente, Ibrahím no se dio cuenta, cuando se vestía, de que le faltaba una de las agendas; lo había hecho todo de forma maquinal, como un autómata, porque tenía el pensamiento puesto en otras cosas...Cosas muy graves. Ronald Reagan podía morir, pero – por lo pronto– no se hablaba de esa posibilidad y el equipo médico se mostraba optimista. Encendió la radio mientras se arreglaba y escuchó cómo el plan B se desarrollaba a la perfección. John Hincley fue detenido enseguida y ya había saltado a los medios la noticia de la extraña monomanía de aquel perturbado por una película ("Taxi Driver") y por su primera actriz: al parecer, existía una carta donde el maníaco dejaba constancia de todo: ¡Estaba dispuesto a asesinar al Presidente de los Estados Unidos de América, solamente para impresionar a la actriz! ...Algunas cosas quedaban en la oscuridad, como la procedencia de las balas, muy difíciles de encontrar en el país.

Ibrahím no notó la ausencia de una de sus agendas hasta que estuvo en su oficina, pasada media mañana y tras de haber estado en un par de sitios diferentes, obligado por su trabajo de importador de alfombras persas y artículos de cuero repujado egipcio, así como exportador de abrigos y chaquetones de perfecta imitación de piel. Cuando se percató de que realmente no la llevaba encima, un sudor frío le recorrió la espalda y le perló la frente... Llamó a su esposa y le preguntó; ella la buscó por la casa, pero no la encontró: Ibrahím no podía estar seguro del lugar donde habría podido perder la agenda de tapas negras.... Estaba escrita en árabe y sólo contenía unas pocas anotaciones casi cabalísticas, que no serían fáciles de entender para nadie. Pero aun así, se sintió preocupado, muy preocupado.

En la soledad de su cuarto, Salima pudo al fin tener tiempo para leer la agenda. Algunas anotaciones le llamaron la atención, pero no las entendió...No obstante, en una página encontró algo que – sin saber bien por qué– la aterró: eran tres lugares y tres fechas, escritas en árabe con tinta negra y letra apretada:

"Washington 30 de Marzo...Roma, 13 de Mayo...El Cairo 6 de Octubre..."

Una de ellas, había pasado ya.

La policía no volvió a molestarla. "El caso Reagan" parecía haber quedado cerrado definitivamente: el magnicida sería condenado a reclusión en un psiquiátrico. El Presidente de los Estados Unidos tuvo una suerte increíble: una bala se le había alojado en un pulmón, pero su vida estaba fuera de peligro. Y aquel hombre, milagrosamente salvado de un terrible atentado, sería el mismo que – no mucho más tarde– habría de conseguir el fin de la guerra fría y el desplome total de los regímenes comunistas del Este de Europa, donde imperara la dictadura más férrea de la tierra, y una de las más cruentas: la soviética.

Una noche, Ibrahím recibió una visita: por segunda vez, Tarek Shardif le visitaba en su casa y, como la vez anterior, lo pasó a su pequeño – pero cómodo– despacho. Un sitio donde no había que temer que pudiera haber algún micrófono oculto, ni cámara de seguridad.

– ¡Hemos fracasado!– Dijo el visitante, con voz helada. Su rostro, de una belleza casi sobrenatural, era ahora como una máscara impenetrable; como una careta de hielo.

– Usted dijo que cabía esa posibilidad. Ibrahím se secó con un blanco pañuelo el sudor de la cara– Después de todo, el hombre...que ustedes seleccionaron, no resultó tan buen tirador como creían.

Una chispa de furia surgió como un destello de los azules ojos helados: ojos celestes, casi blancos, orlados de negras pestañas, que resaltaban en la morenez de aquel rostro varonil.

– Se equivoca. Fue concienzudamente adiestrado y es un tirador de primera: la bala pasó a dos centímetros del corazón antes de alojarse en el pulmón izquierdo; necesitó de una operación de dos horas para extraérsela. Pero nuestro hombre estaría muerto, si no hubieran fallado "sus" balas...

La suavidad de su tono era como el ronroneo de un gato...

– ¿Qué fallaron mis balas...? – Ibrahím sintió que el pulso se le aceleraba.

– Hemos fallado, por culpa suya. Nuestros socios están muy disgustados. Incluso han llegado a insinuar que puede usted ser un traidor...!No!– Levantó una mano, morena y bien cuidada, al ver que su interlocutor se removía en su asiento, dispuesto a replicar– ¡Yo sé que no lo es! Le he defendido. Pero sus maravillosas balas explosivas, no explotaron. Esa es la realidad.

– ¡Nadie puede prever esas cosas! Son balas del calibre 22, cartuchos tipo "Devastator" que contienen cargas explosivas diseñadas para explosionar tras el impacto; poseen un núcleo de Azida de plomo con una punta de aluminio sellado con laca...

– ¡No me dé un curso de balística! – La voz helada se alzó, cortante.– La realidad es que si hubieran explotado cerca del corazón de Ronald Reagan, como era lo previsto, nuestro hombre estaría muerto, y la situación sería muy distinta.

– !Le repito que son imponderables que pueden ocurrir!

– O que nos dio usted una munición vieja, pasada de tiempo, de escasa calidad...

– Los soviéticos – todo el mundo lo sabe– no venden armas recién hechas, sino desechos de su poderoso Ejército, que está continuamente renovándose; las municiones no caducan como los yogures; son armas de excelente calidad. Mi proveedor también sabía el destino de esas balas y tuvo especial cuidado...

– Quizá demasiada gente estaba al tanto de este asunto...Usted parece de boca fácil.

Ibrahím se puso de color teja:

– ¡Yo no me he apartado un ápice de mis instrucciones! Usted mismo me dijo que los soviéticos tenían gran interés en este asunto.

Los bien dibujados labios del visitante trazaron una sonrisa irónica:

— Lo tienen…y no son ellos quienes se han quejado de usted, sino nuestros poderosos aliados injertos en el F.M.I., en Wall Street, en la City… ciertos jefes de la masonería mundial, que exigen ahora de usted una prueba de lealtad; ellos quieren un cambio en el mundo ¡y lo quieren pronto! ¡Por eso han buscado la alianza con el poder radical del islamismo de nuestro Gran Guía, el Ayatolah Jomeini!

— ¡Mi verdadero motivo de estar metido en esto, es ese…!¡El triunfo del Islam! A los demás, no les conozco.

— Pero ellos le conocen a usted…Desconfían, tras el fracaso de sus balas explosivas, y si desconfían, son lo suficientemente poderosos como para hundir todos sus negocios; no sólo el tráfico de armas, sino también sus negocios de alfombras y de pieles falsas. Además, está ese extraño asunto de la pupila de su madre, presente frente al Washington Hilton Hotel a la hora del atentado: ¡Ahora la policía tiene su dirección…antes no la tenía! ¿Qué maldita cosa hacía esa chica ahí? ¿Cómo pudo suceder algo tan estúpido? ¡Está usted en un buen aprieto, amigo!

Ibrahím notó que la furia le hacía temblar las manos:

— ¡Sé que fue una estupidez…y no volverá a pasar nada parecido! La chica es una retrasada mental, una cretina…Fue allí por curiosidad, no tengo nada que ver; ha sido mala suerte, Pero ese problema está en vías de solución: vamos a mandarla muy lejos. ¿Qué puedo hacer más?

— Dar una muestra de lealtad absoluta…Póngase en mis manos; confíe en mí. Yo le daré poder a su pueblo…a nuestro pueblo. Un poder sin límite. Pero debe comprometerse más. Saldrá ganando: muchas fronteras, para la exportación de sus pieles sintéticas, que hoy tiene cerradas, se abrirán para usted y sus hermanos. Por lo pronto, debe hacer un rápido viaje, primero para ver a dos personas en Bulgaria, y luego, a Turquía: hay que concretar unos últimos detalles con un hombre que está allí: un tirador de élite. Pero yo no debo hacer ese viaje; podrían estarme vigilando…Oficialmente, estoy aquejado de ataques de

ansiedad desde el accidente del helicóptero, en el desierto.
– Bien. Iré. Supongo que será un viaje muy fugaz.
– Mucho. Debe usted llevarle ciertas cosas a un hombre, que espera sus últimas instrucciones. Su nombre es Alí Agca.

Michael Bradford, antes de regresar de Oriente Medio, pasó por Roma. Una corta escala de veinticuatro horas. Conocía bien la ciudad eterna y no eran momentos de hacer turismo. Se dirigió directamente a la casa de un viejo conocido; un hombre con el cual había contactado una vez, no como agente de la CIA, sino como católico. Un amable anciano con quien tuvo una vez que consultar un tema, y ahora volvía a necesitarlo. Se dirigió con rectitud a la Ciudad del Vaticano.

El anciano sacerdote era un hombre enjuto, más bien alto, aunque algo cargado de espaldas. Era calvo, usaba gafas y tenía un rostro inteligente, de mirada penetrante. Una mirada acostumbrada a ver el Mal de frente, sin achicarse ante su inmenso poder. Le escuchó con mucha atención, y vio las fotografías que Michael le enseñara: aquellas que fueron tomadas en la Iglesia profanada en Tel Aviv.

Cuando terminó su larga y concisa exposición, Michael preguntó.

– ¿Es probable lo que pienso?
– ¿Probable...? No lo sé...
– ¿Posible, entonces?
– Sí, posible sí. Pero no creo que sea quien usted piensa.
– ¿No puede ser el Anticristo?

El anciano movió la cabeza negativamente:

– No. Este es un peón, un enviado, precursor de algo, tal vez...No es alguien tan importante. El Anticristo es – o será– alguien mucho más notable; un hombre (o una idea) con verdadero poder y ascendencia sobre sus semejantes. Como este hombre que usted me cuenta, en la Tierra han existido varios...Personas satánicas. Cumplen una misión, de parte del Maligno. Y nada más.

– ...Pero nació el 6 del 6 de 1956... 666, Padre.

El anciano encogió levemente los hombros...

– Eso puede ser un aviso, sobre su personalidad demoníaca, sí...pero es aventurado pensar que llegue a asumir un papel tan significativo.

– ¿No puede ser el mismo Satanás?

– No lo sé. Pero recuerde: Luzbel – que es Lucifer o Satanás (o diablo) al precipitarse al abismo y perder su derecho a estar en el cielo, se había rebelado contra Dios; se había rebelado por soberbia: quería tener tanto poder como el propio Creador. Y no se rebela en solitario: ¡Recluta entre los ángeles – que, como los hombres, tienen libre albedrío– y consigue unir a su causa a LA TERCERA PARTE DE LOS MISMOS! Y los ángeles, aún después de aquella deserción, son tantos millones todavía, que si decidieran hacerse visibles sobre el cielo, lo cubrirían todo: de Norte a Sur y de Este a Oeste.

Los ángeles tienen libre albedrío– como todas las criaturas inteligentes hechas por Dios– porque la LIBERTAD es un concepto, un absoluto inseparable de Dios; como lo son el AMOR y la VERDAD. No puede concebirse a Dios sin Libertad, ni sin Amor, ni sin Verdad: son conceptos absolutos, que forman parte de Él. Nunca crea esclavos, sino seres libres.

El ansia de poder, la ambición, el desmesurado "ego", la soberbia, son asumidas por Luzbel, el bello arcángel hermoso como la luz, que arrastra, le repito, a la tercera parte de los ángeles: hay, pues, muchos demonios: millones. Todos a las órdenes de Satanás, y todos, implicados en crear el Mal para el Hombre, su criatura más odiada.

– ¿Cree que ha habido en los últimos años una profusión de intrusiones demoníacas en la vida de los seres humanos? ¿Estamos en tiempos apocalípticos?

Michael mostraba un hondo interés: sabía que si alguien podía contestar a sus preguntas, ese alguien era el anciano exorcista, lleno de sabiduría y poseedor de terribles experiencias personales en la vieja lucha del Hombre contra las fuerzas del inframundo, dominado por Satanás.

– ¡Siempre ha habido una inmensa intrusión del Maléfico en la vida de los Hombres, Bradford! ¡Siempre! La Maldad se ha metido en el alma de muchos hombres a través de la Historia, hombres satánicos que han sido capaces de grandes males...!Inclusive en el seno de la propia Iglesia! Ahora, tal vez, Satanás ha pisado el acelerador, porque puede que le quede menos tiempo ¡pero, ojo! El tiempo – fuera de nuestro mundo humano– es diferente: ¡un día, mil años...! Pueden ser casi lo mismo. El Mal ha germinado por todas partes, de la mano de esos seres demoníacos y bajo su influencia...la misma Agencia para la cual usted trabaja, Bradford, no está compuesta de ángeles...todo el que somete a un semejante a torturas, aunque sea para sacarle una información vital para el bien de la Humanidad, está bajo la influencia directa del diablo.

– Lo sé. Por eso nunca he querido tener nada que ver con otra rama que con la de investigación y contraespionaje; sé que hay gente perversa – incluso sádica– en todas partes. Nada se libra del peligro de esa contaminación perversa, ni nadie.

– Hay formas de protegerse, de las tentaciones perversas.

– ¿Cuáles?

– Como católico, lo debería de saber...La humildad, la oración, el continuo frecuentar de los sacramentos, especialmente la penitencia y la comunión. La oración diaria, y si es posible, la eucaristía diaria. Y la devoción a la Santísima Virgen: el mejor escudo contra el Mal.

– ¿Por qué él la odia tanto? En aquella iglesia, vi un icono de Ella, embarrado de mierda...y muchas pintadas insultantes.

El anciano suspiró, y se quitó las gafas para limpiarlas con un pañuelo que sacó del bolsillo de la negra sotana. Sobre su pecho llevaba un crucifijo de plata.

– Lo he dicho en diversas entrevistas que me han hecho, por radio o en prensa escrita...Lucifer la odia porque es Humana; y, siendo del género humano, es reina de todo lo creado porque así lo ha querido Dios. Puede comprender cierta sumisión a Cristo, por la parte divina que tiene Su persona... !Pero María es totalmente una criatura humana, y el Señor la ha hecho reinar por encima de los ángeles! Es una idea que humilla su gran orgullo, porque él desprecia a los humanos. "Una mujer– citó– vestida de luz, con la cabeza coronada por doce estrellas...Pisará la cabeza de la serpiente antigua – el diablo– y aunque esta tratará de morderla en el talón, no podrá hacerle daño". Ella dará a luz al vencedor de la Muerte, al Salvador de la Humanidad: el que, con su sacrificio, echará sobre sus hombros los pecados del mundo y nos abrirá las puertas del cielo, que teníamos cerradas. Por eso la odia. ¿Cuál era su otra pregunta? ¿Si estábamos en tiempos apocalípticos? ¡En tiempos apocalípticos estamos desde que San Juan escribió el Apocalipsis en la isla de Patmos! El Apocalipsis es como un libro de Historia, en versión críptica. Muchas cosas habían pasado ya en tiempos del propio evangelista. La parte profética, respecto al fin del mundo, es menor de lo que la gente supone. Y no podemos saber la fecha; Jesús dijo que todo llegaría como llega un ladrón en la noche: sorpresivamente. Algunos signos son muy claros...aparentemente. Su explicación puede dar lugar a diversos equívocos; una cosa sí está clara: hay intereses muy fuertes en contra del plan salvador de Jesucristo. Y surgirán criaturas con poder, que intentarán llevar a la Humanidad hacia su condenación eterna. Masonería, comunismo, nazismo, materialismo, consumismo, capitalismo salvaje, ateísmo beligerante... ¿Qué son, sino otros tantos anticristos?

– Mi anticristo particular es algo muy concreto...encender fuego con las manos desnudas no es muy normal.

El anciano sacerdote se estremeció:

– ¡He visto cosas bastante peores! He visto personas vomitando tornillos, cables, clavos...Y levitando a metro y medio de su cama, mientras proferían alaridos con diversas voces, infrahumanas...Y muebles y cuadros danzar por sí mismos por una habitación, sin control...Incluso he hablado con algunos demonios, que me han confesado sus nombres y sus odios.

Michael apretó sus bien trazados labios ascéticos, hasta hacerlos parecer una delgada raya: Los músculos de sus maxilares asomaron y se movieron bajo su piel:

– Eso es muy fuerte. – Dijo.

– Pero hay que estar preparado. Usted no lo está, no es exorcista; temo por usted, hijo mío.

– Procuraré luchar sin tratar de trasponer mis limitaciones, y haré caso de su consejo; frecuentaré los sacramentos y procuraré asistir diariamente a Misa.

Sonrió, y – como siempre que sonreía– sus grandes ojos grises, expresivos, dieron a su rostro anguloso una gran bonhomía.

– Además, soy devoto de la Virgen; nunca me duermo sin rezar el Ángelus y las tres Avemarías.

El anciano exorcista se levantó y se dirigió a un mueble alto y lleno de gavetas, de madera oscura. Abrió una de aquellas y extrajo una caja pequeña. Volvió a sentarse y Michael vio lo que tenía entre las manos: Una medalla de metal plateado – con su cadena– en la cual pudo reconocer la célebre medalla de San Benito.

– Está bendita por el Santo Padre. Se las pedí, para dárselas a personas que – como usted– considero en peligro. Póngasela y no se la quite nunca.

– Llevé durante años el escapulario del Carmen...– Respondió el joven, poniéndose la medalla y metiéndosela por debajo de la camisa.

– Entonces – prosiguió– ¿qué me aconseja?

– Que esté muy atento. Ya le he dicho lo de los sacramentos, la oración y la humildad. No intente combatir con ese hombre...O ese demonio, en su terreno; puede ser peligroso. En cuanto a las pintadas que se ven en las fotos, sin duda deben de tener un significado muy concreto: ¡La pistola apuntando al crucifijo habla claramente de una guerra a muerte contra la Cruz, y todo lo que esta significa! Pero ¿puede significar un peligro más cercano, un atentado...? También se ve la cúpula de San Pedro, en llamas...

– Y esas dos torres o paredes tan altas...rodeadas de

edificios más pequeños e incendiadas ¿qué querrán decir? ¿Por qué dos? ¿Por qué no una, ni tres? En Tel Aviv no hay edificaciones tan elevadas.

El anciano suspiró:

– "La hora de Lucifer ya llega"– Repitió– No un año de Lucifer, sino una ERA; como si ciertos acontecimientos sin duda señalados en las pintadas de las paredes, fueran el pistoletazo de salida, la inauguración de toda una EDAD, de Lucifer, que se inicia en una determinada HORA, a partir de la cual este se empleará a fondo, como si el tiempo le apremiase, para hacerse amo y señor de la Tierra…Pero hay algo que no podemos olvidar: por mucho poder que tenga en la Tierra, el Príncipe de la Tinieblas siempre pierde, ante la Luz. No ganará. Cristo sufrió como ningún otro, y padeció muerte de cruz ¡pero resucitó al tercer día, y consiguió la salvación del género humano!

Yo no tengo otra arma más que la oración. Usted está en otro campo, Bradford: rezaré para que el Señor le proteja. Quiero bendecirle, hijo mío.

Michael Bradford se puso de pie, a imitación de su interlocutor. Este posó una mano sobre su hombro y comenzó una oración en latín, cerrando los ojos, Michael dobló una rodilla en tierra y bajó los suyos, para orar con concentración; aún con una rodilla en tierra, se veía que era un hombre muy alto. El sacerdote le bendijo "In nomine Patris, et Fili, et Spiritus Sancti", trazando una cruz sobre su cabeza

SEGUNDA PARTE

Salima no deseaba escuchar las conversaciones ajenas, sabía que aquello no estaba bien. Pero cuando intuía que podía tratarse de algo sobre su persona, no tenía ningún inconveniente en escuchar escondida desde cualquier sitio, sigilosa... Y últimamente estaba muy asustada, la propia Ashma se había extrañado de verla tan nerviosa; pegaba respingos cuando sonaba un portazo o cuando la sobresaltaba la alarma del teléfono.

Aquel día, intuyó que Ibrahím iba a hablar de ella: Ashma lo pasó a su gabinete (allí, donde tenía sus películas, y el enorme aparato televisor) y cerró la puerta tras de ellos. La muchacha no tuvo más remedio que dar la vuelta para entrar a la habitación de la matriarca, y aplicar el oído a la puerta de comunicación con el gabinete.

– Madre, ya no puedes negarte a mi propuesta. Salima va camino de los diecinueve años: a esa edad, debería de haber sido madre al menos una vez. Además, ahora estarás convencida de que es un peligro para esta familia: no es una mujer prudente, ni sumisa: fue a curiosear al presidente Reagan sin decirte nada ¡y por su culpa mis hermanos y yo – aquello era una mentira de Ibrahím– hemos recibido molestas llamadas telefónicas de la policía!

– Ve al grano: ¿Qué era eso tan importante que tenías que decirme sobre Salima?– Interrumpió la anciana con tono desabrido, pero menos agresivo que otras veces.

– Está bien. Se trata de Gamel Elmejel, uno de los hombres más ricos de Túnez…me has oído hablar de él. Un hombre creyente y ejemplar. Desea fusionar una de sus empresas con nuestra industria de pieles sintéticas; algo muy conveniente para nosotros…pocos gastos, y abriríamos un amplio mercado por varios países del Mediterráneo donde no hemos podido entrar aún.

– ¿Qué pinta Salima en el asunto?

– ¡Déjame terminar, por favor! Su esposa favorita ha muerto…se siente triste, sus otras esposas ya son algo mayores…Quiere una esposa joven, aspira a engendrar todavía uno o dos hijos varones. Salima es joven y sana, y le he hablado de ella, se muestra interesado…– Ibrahím se iba poniendo colorado, bajo la dura mirada materna, a medida que hablaba– ¡No se podría encontrar mejor marido para la chica! Es una oportunidad de oro…Pronto se verá viuda, en plena juventud, dueña de una fortuna y en un lugar paradisíaco, con un clima excepcional. Seguramente aún tendrá tiempo de engendrar un hijo o dos, para asegurarse una herencia jugosa; los hombres engendran hijos hasta edades muy avanzadas. No habrá para ella otra oportunidad como esta ¡Gamel Elmejel es dueño de una cadena hotelera de lujo, y sólo tiene ahora tres esposas y siete hijos reconocidos! Salima será el día de mañana una mujer muy rica.

– Quieres decir, que el millonario es un anciano.

Tiene setenta y cinco años, pero es un hombre aún potente; su última hija cuenta sólo dos años. Es un deportista; monta a caballo, y esquía en Suiza todos los inviernos. Puede vivir diez o doce años más…Seguramente a los treinta años– o antes– Salima puede verse libre, y dueña de una gran riqueza.

– ¿Tiene buena salud?

– Bueno…padece una úlcera gástrica. Pero es un hombre potente, que desea tener hijos varones, pues sólo tiene uno – el mayor– y seis hembras. Y ese hijo mayor (que ya tiene treinta y dos años) es una bala perdida, que no ha hecho más que darle disgustos: se ha convertido en un "play boy", que abochorna a su padre.

– ¡Ah! ¡Es ese elegante Rezah Elmejel, que sale en todas las revistas de papel "cuché", siempre con alguna modelo del brazo, o una bella actriz!

– El mismo. Su padre lo ha desheredado, pero tiene el dinero que heredó de su madre. Que el propio Gamel puso a nombre de esta. ¡Si Salima logra darle un hijo varón, puede que hasta lo herede todo!

Los ojos de Ibrahím brillaron de codicia. Era una oportunidad de mandar bien lejos a la chica, y – a la vez– de obtener pingües ganancias. Ashma no era indiferente al dinero. Meditó en silencio un instante, y al fin dijo:

– No puedo retener a Salima siempre…Está ya en edad fértil y debe tener un marido. Estudiaré el tema; puede ser interesante para ella y para la familia.

Salima escuchaba, con la respiración contenida. Conocía a Ashma. Conocía su debilidad por la bella Túnez y también su tono de voz: accedería, estaba segura de que accedería. No importaba que ella tuviera que acostarse con un anciano, lo importante era engendrarle un hijo y heredarle. Ibrahím había ganado la partida, y ella tendría que sacrificar su virginidad en un país lejano, con un hombre que podría ser su abuelo. Conteniendo las lágrimas, abandonó de puntillas la alcoba de su tía abuela, camino de la suya. Era consciente de que el asunto del interrogatorio policial, tras el episodio Reagan, no había jugado a su favor.

Salima no era cobarde: nunca tuvo que batallar de frente, pero estaba ahora dispuesta a hacerlo: por nada del mundo consentiría en ser entregada como esposa a aquel anciano tunecino. Armándose de valor, entró al día siguiente en la casa de Ibrahím, a una hora en que sabía que estaba en su despacho. Dio con los nudillos en la puerta.

– ¡Adelante!– Ibrahím miró con sorpresa a aquel rostro menudo y pálido, desdibujado bajo el espeso flequillo negro. Las dos trenzas cruzadas en la parte posterior de la cabeza, los zapatos bajos y aquella ropa informe y de color indefinido le daban un aspecto muy poco atractivo.

– ¡Ah! ¿Eres tú? ¿Qué pasa? ¿Mi madre te ha hablado de nuestros proyectos?

– Sí. Ella ha decidido que ha llegado el momento en que debo asumir mi rol de mujer. Pero yo prefiero quedarme aquí, y estudiar una profesión. Quiero ser azafata de eventos, o de turismo. Sé inglés, francés y árabe, puedo hacerlo. Quiero que me pagues los estudios. Y vivir independiente, en un piso compartido con otras estudiantes.

El estupor dejó paso a la hilaridad en el rostro de Ibrahím: terminó por lanzar una sonora carcajada:

– ¡Sabía que eras estúpida, pero no tanto! ¿No te has dado cuenta de que ya estoy a punto de cerrar el trato con Elmejel?

– ¡Pues deshazlo! Porque, si no lo haces, hay un abogado que tiene instrucciones de mandar un sobre al FBI: si tengo que salir de América, o si me sucede cualquier accidente o cosa mala, el FBI recibirá ese sobre.

El rostro de Ibrahím empezó a palidecer; se puso de pie lentamente:

– ¿De qué maldito sobre me estás hablando?

– De uno – habló muy despacio– que contiene una pequeña agenda de tapas negras.

Por un momento, pareció que iba a echarse sobre ella: afortunadamente, la mesa de despacho les separaba. El hombre tenía el rostro congestionado:

– ¡Conque tú me robaste la agenda, pequeña basura! – Farfulló.

– Sí. Y sé muchas cosas de ti...y del asunto Ronald Reagan. No puedes tocarme, Ibrahím. Sería tu completa perdición. Dile a tu madre que he decidido irme de casa, y que tú estás conforme; que no me busque. Y mándame un giro postal a la cuenta corriente que mañana te daré por teléfono.

– ¿Tú? – Su voz reflejaba profundo desprecio– ¿Tú, con una cuenta corriente?

– Voy a abrirla mañana; tengo algunos ahorros; mañana te llamaré para decírtela, y allí deberás girarme todos los meses el dinero que necesito para vivir y estudiar. No será mucho, no es mi intención extorsionarte, pero tengo que vivir ¡y hacerlo fuera de esta casa!

– Sí, vete, estúpida, vete…– Silabeó el hombre– Aunque te escondas debajo de las piedras, te encontraré. Y me darás esa agenda ¿lo oyes? Porque si no, haré que mis amigos te arranquen la piel a tiras ¿te crees muy fuerte, verdad? ¡No te tengo miedo, me darás esa agenda…! ¡Me la darás, Salima, y luego me obedecerás y serás la esposa de Gamel Elmejel y te irás a Túnez!

Su voz autoritaria y la fijeza de su mirada, tenían un poder casi hipnótico; Salima tembló y sintió un sudor frío bañarle la frente y las palmas de las manos, pero no se dejó dominar:

– Me iré ahora…Mañana tendrás noticias mías. No intentes dar un golpe de fuerza conmigo: tengo previsto todo. Recuerda que si me pasa cualquier cosa, mi abogado actuará.

Salió del despacho y de la vivienda. Ibrahím hizo un conato de seguirla, pero lo pensó mejor y se quedó quieto, en el sitio, meditando… ¿Era posible que aquella imbécil tuviera un abogado? ¿Con qué dinero lo había pagado?– Se preguntó– Tal vez se lo robara a Ashma…o esta le diera todos los meses algo; nunca había oído nada semejante, pero entraba dentro de lo posible. Sabía que a la chica no le faltaba de nada: ropa, calzado, visitas al dentista…Pero todo lo pagaba Ashma, se lo compraba Ashma. No creía que tuviera una asignación fija. ¿No era más probable que se hubiera inventado todo, para no irse a Túnez, y que se hubiera encontrado la agenda por casualidad, y la tuviera simplemente escondida en algún lugar de su cuarto? Tal vez lo más sensato fuera ir tras de ella y registrarla, y registrar toda la habitación palmo a palmo. Pero la chica gritaría, y Ashma acudiría, alarmada, y también los esposos marroquíes que vivían en la casa… ¿Y qué explicación podría darles? No. Mejor sería esperar. La chica no se iría, no tenía adonde ir, y toda esa historia del abogado era un cuento inventado para no casarse con Elmejel. Esperaría y la convencería. Se hallaba acostumbrada a obedecer, no se atrevería – estaba seguro– a retar a toda la familia.

Salima corrió a su cuarto, asustada. Echó el pestillo y colocó una silla debajo del pomo, a modo de tranca. Respiraba con dificultad, por causa del miedo: se había atrevido a amenazar a Ibrahím con aquella historia de un inexistente abogado y un sobre, pero ¿se la tragaría él? ¡La realidad es que la pequeña agenda de tapas negras estaba escondida en su cuarto! ¿Y si su primo se decidía a venir a registrarla a ella y a la alcoba? ¡Le creía capaz de todo! ¡Era muy inverosímil pensar que pudiera tener un abogado, y haber hecho todo aquello! – Se dijo con infinita ansiedad– Pero, claro…él tampoco podía estar seguro de que no fuera así.

La agenda estaba escondida dentro de uno de sus zapatos, en la zapatera donde estos se alineaban: unos zapatos muy parecidos entre sí, planos; unos negros, otros marrones y otros blancos, y unos cómodos mocasines "beiges" de goma espuma, más un par de botas forradas de piel, para el invierno. ¿No era un escondite muy tonto? se preguntó, girando la vista en derredor: muebles y paredes lisas, pocos artículos de tocador…no había muebles con escondrijos secretos como en el cine y las novelas, ni nada que se le pareciera. Sintió deseos de confiarse a Ashma, pero enseguida desechó la idea; esta se había encerrado en su gabinete a ver una película; por una vez, no la había llamado para verla en su compañía, eso sólo quería decir una cosa: que Ashma tenía firmemente decidido enviarla a Túnez para ser esposa de ese multimillonario, y no quería hablar más del asunto. Además: de conocer el peligro que se cernía sobre su hijo por complicidad en el intento de magnicidio, se pondría de parte de la familia: sus hijos eran primero…Y su posición social. Sintió su corazón muy afligido al constatar esa verdad; le habría gustado poder contar con Ashma, pero no era posible;

en aquel asunto, estaba totalmente sola, y nada ni nadie podría evitar que fuera a parar a Túnez. ¿Cuánto tiempo tardaría Ibrahím en venir a registrar su cuarto y su persona? Si él hallaba la agenda, estaba perdida...pero tampoco podía desprenderse de ella, pues era su salvaguarda. Pensó furiosamente, oprimiéndose las sienes, en cómo podría esconderla ¿dónde...? De pronto, dio un respingo, sobresaltada:

Si los amigos de Ibrahím la atrapaban y la torturaban ¿podría ella vencer al dolor, o diría de plano toda la verdad y entregaría la agenda? ¡Le tenía horror al dolor físico, e Ibrahím la había amenazado muy seriamente...! Fue ahí donde la muchacha perdió el control y se dejó llevar por el pánico.

Sacó del altillo de su armario empotrado una maleta y empezó a llenarla con sus ropas, zapatos, bolsos y lencería. No tenía mucho de nada, pero sí de buena calidad, aunque sin ningún estilo ni coquetería. Metió en su bolso de mano sus documentos y un dinero que tenía guardado en una pequeña caja metálica – fruto de sus ahorros–. No tuvo nunca una "paga" ni asignación fija, pero Ashma solía hacerle regalos, siempre en metálico, y ella era ahorradora. Previamente, sacó de un zapato blanco la agenda, y se la adosó con un trozo de esparadrapo al muslo derecho, dándole la vuelta al mismo, varias veces, para sujetarla bien. Con gran sigilo, para no hacer ruido, retiró la silla, quitó el pestillo y abrió la puerta, asomando, cautelosa, la cabeza. No se veía a nadie. La casa estaba más o menos en silencio. Los criados laboraban en la cocina y Ashma estaba en su gabinete viendo "Laura": reconoció la música desde fuera. Sintió congoja al pensar en la anciana y estuvo a punto de lanzar un sollozo, pero se sobrepuso y se encaminó a la puerta principal, rogando que no se encontrara con nadie...Abrió la puerta y salió corriendo hacia uno de los ascensores, con la maleta en la mano. Bajó los nueve pisos y fue hacia el exterior; pronto sería la hora de la comida y la llamarían...notarían su ausencia...

Antes de estar completamente del lado fuera del elegante

portal, casi tropezó con un hombre: había surgido de repente, como si estuviera allí, escondido, esperando a alguien: lo sorpresivo de su irrupción y su extraordinario parecido con "Klaatu" – el marciano de la película "Ultimátum a la Tierra"– la hizo soltar involuntariamente un grito.

– ¿La he asustado? ¡Lo siento! ¡Ha salido usted del ascensor disparada como una flecha…!

El hombre – muy alto y cuadrado de hombros, delgado y vestido con un traje gris– le sonrió. Su voz era amable.

– No es nada. Dispense. – Susurró Salima– ¡Es que no me lo esperaba!

Ya completamente en la calle, Salima respiró hondo y se dispuso a buscar un taxi para que la condujera... ¿adónde? En su pánico, no había pensado, más que muy vagamente, en que no tenía a dónde ir ¡pero algo tendría que decirle al taxista! Por lo pronto, quería alejarse – a pie– del edificio, y avanzó, sin vacilar, por la amplia acera de aquella populosa avenida. Al doblar una esquina, vio venir hacia ella a un hombre, muy decidido, y sintió miedo: se detuvo en seco. El hombre, cuando se halló a su altura, hizo un ademán de saludarla al estilo militar, llevándose dos dedos a la sien. Su rostro no le era desconocido ¿dónde había visto ella ese rostro de galán de cine, esos increíbles ojos celestes? Se preguntó.

El hombre se presentó a sí mismo:

– Permítame que la ayude con la maleta, señorita Salima. Mi nombre es Shardif y soy policía.

– ¿Policía? – La voz de la chica sonó muy aguda– ¡Yo no tengo nada que ver con la policía!

En aquel momento, recordó donde había visto aquel rostro: salía de su casa cuando ella entraba, al venir de regreso del interrogatorio policial.

– ¡Claro que no tiene nada que ver! Pero estamos vigilando el domicilio del señor Ibrahím Azís–Damar desde el día del atentado contra el presidente Reagan: usted corre peligro, señorita Salima.

La muchacha soltó el asa de la maleta, que se hundió automáticamente: era una maleta de ruedas. Su rostro pálido reflejaba estupor:

– ¿Por algo que he hecho? – Dijo– ¿Porque yo estaba allí afuera, aquel día?

– ¡Oh, no! Su presencia allí, en aquel momento, es anecdótica: usted dijo la verdad, se hallaba frente a aquel hotel por curiosidad. No. Vigilamos al señor Azís–Damar porque puede estar implicado en el intento de magnicidio; él y sus hermanos, han adoptado una actitud antiamericana muy sospechosa. Si lo que piensan en mi departamento es verdad, usted corre peligro, señorita Salima. Pero, la calle no es lugar para dirimir estas cuestiones; venga conmigo; la llevaré a lugar seguro.

La gente pasaba por sus lados con comodidad, por la anchura de la acera, pero indudablemente no era lugar adecuado para largas explicaciones.

Salima aún se resistió:

– Yo no sé nada de nada, ni tengo que ver con nada. Me voy de mi casa porque quieren obligarme, según las costumbres de mi país, a contraer matrimonio con alguien que yo no quiero, aunque sea un buen partido. ¡Como ve, es un asunto completamente doméstico!

– De todas formas, corre usted peligro.– El bello rostro varonil pareció resplandecer al sonreír, mostrando una hilera de blancos dientes. – Insisto: quedará usted bajo protección policial. No tema.

Salima se sintió más segura. Estaba a punto de aceptar la inesperada protección. El atractivo de aquel rostro resultaba hechizador... El hombre se inclinó y volvió a sacar el asa plegable de la maleta:

– La llevaré a lugar seguro. – Repitió.– Buscaremos un taxi.

– ¡SUELTE ESA MALETA! – La voz varonil, seca y cortante, les sobresaltó. Salima volvió el rostro y vio al hombre que en su interior había bautizado como "Klaatu". El hombre que la sorprendiera con su presencia en el portal.

La muchacha vio aquel duelo de miradas y sintió el vello de su cuerpo ponerse de punta. Los azules ojos parecieron lagos helados, y a la vez, llamas incandescentes. Los ojos grises del recién llegado tuvieron un brillo afilado mientras sostenía la mirada. Shardif soltó la maleta y Salima se apoderó rápidamente de ella...Sintió deseos de echar a correr, pero se contuvo.

– ¿Quién es usted? – Preguntó el egipcio con voz gélida.

– Eso no le importa. Pero deje en paz a la muchacha.

– Escuche, amigo: soy policía; no se meta en esto.

– Demuéstremelo: enséñeme su placa. Usted no es policía, es Tarek Shardif, un ex oficial de las Fuerzas Aéreas, que tuvo mucho que ver con el fracaso de la Operación Garra de Águila.

Shardif pareció dar un paso atrás y se pasó la lengua por los bien dibujados labios: labios sensuales, de irónico rictus en las comisuras, que ahora tenían una mueca desagradable:

– Está bien. – Dijo con calma– Sé cuándo debo retirarme. Pero esto no es más que el primer "round". No olvidaré su cara...

Michael Bradford respondió, al tiempo que se abría el botón superior del cuello de la camisa, ladeando la corbata y sacando hacia fuera, con dos dedos, la medalla de San Benito:

– No olvide tampoco esto. Y que estoy bautizado.

El hombre palideció y las aletas de su hermosa nariz se dilataron de furor:

– ¡Ella no lo está! – Dijo suavemente. Y dando media vuelta, desapareció entre la gente.

Salima no comprendía nada; miró alejarse al apuesto joven y volvió el rostro hacia "Klaatu":

– ¿Quién es, en realidad?

– Un traidor.

– ¡Quiero irme!– Un matiz de llanto vibró en la voz de la muchacha.

– La acompañaré.– Hizo ademán a un taxi que pasaba. Cuando el coche se detuvo, Michael cogió con decisión la maleta, para introducirla en el maletero. Salima estaba como clavada al suelo: no sabía qué hacer. Miraba con sus enormes ojos negros al rostro de Michael, interrogante.

– No tenga miedo. Yo sí soy un agente del Servicio de Inteligencia: suba, no hay tiempo que perder. ¿Tiene pensado un sitio donde ir?

Estaban los dos en el asiento trasero del taxi. Como Salima no había contestado a la pregunta, Michael dio al taxista una dirección.

– ¿Adónde vamos?

– La llevo a casa de mi hermana; no se me ocurre otro lugar.

Ashma quería llamar a la policía por causa de la desaparición de Salima:

– ¡La han raptado!– Exclamó– ¡No es posible que me haga esto a mí!

Ibrahím, Abdulah, y Omar trataban de calmarla:

– Madre, ya has visto que se ha ido por su voluntad: se ha llevado todas sus ropas y sus objetos personales ¡se ha marchado, porque quería marcharse! ¡No creo que debas echar a la policía tras ella!

– !Algo muy grave tuvo que ocurrir, no me contradigáis! ¡Vosotros sois unos brutos, que no conocéis la psicología de las mujeres! De no haber ocurrido algo muy, muy grave, Salima me habría escrito siquiera unas letras; ella no es así ¡Insisto en llamar a la policía!

– Te diré lo que ocurrió: – Dijo Ibrahím, secándose el sudor de la cara con un pañuelo– ¡Se negaba tercamente a casarse con Gamel Elmejel! ¡Es una ingrata, que nunca agradeció nada de lo que hiciste por ella!

– Tal vez…– La mujer, por primera vez en mucho tiempo, hablaba con voz vacilante de duda– Yo no haya debido autorizar esa unión… !No es raro que una chica se niegue a casarse con un anciano! Pero, tal como están las cosas, me pareció lo mejor para ella. ¡Podría ser una viuda acaudalada en plena juventud, a la vuelta de pocos años!

– Efectivamente.– Afirmó Omar– ¡Pero la muy estúpida no lo veía así! Creo que volverá, en cuanto se dé cuenta de su error ¡no tiene dinero, ni adonde ir! No debemos avisar a la policía; no sería prudente. Recuerda que le tomaron declaración por estar presente cuando el atentado: podrían relacionar su fuga de ahora con aquel suceso, y causar molestias a la familia. Déjalo correr, madre. Ella volverá.

– ¡Está bien! Pero si vuelve, seré yo la que hable primero con ella. Y si no vuelve…Yo, personalmente, contrataré a un detective privado para dar con su paradero. Ninguno de vosotros debe meterse en esto ¿lo habéis comprendido?

– Está bien, madre. – Respondió Ibrahím en nombre de todos. Torció el gesto al hacer una seña con la mano a sus hermanos para que se mantuvieran callados; por primera vez se le ocurrió que la tiranía doméstica de su madre empezaba a durar demasiado tiempo…

La hermana de Michael Bradford era bastante parecida a él: de rostro anguloso y piel pegada al hueso; los pómulos le resaltaban tal vez demasiado, pero – en conjunto– resultaba una mujer muy atractiva; la despejada frente y los chispeantes ojos grises, la bonita nariz y la boca riente, de magnífica dentadura, le daban un aspecto inteligente, simpático y juvenil, aunque ya había cumplido cuarenta y cuatro años. Su cuerpo flexible y dinámico no tenía un átomo de grasa: era cinturón negro de judo, y ejercía como monitora de gimnasia y defensa personal en un colegio de señoritas. No demostró demasiada sorpresa cuando su hermano se presentó con la asustada muchacha y le rogó que la acogiera en su casa. Disimuló su natural curiosidad y llevó a la chica a lo que ella llamaba "el cuarto de Michael", pues era el único huésped que solía pasar allí alguna noche. El apartamento – muy bien situado, en una avenida cercana al río Potomac – estaba en el octavo piso de un hermoso edificio: consistía en un salón– comedor, una minúscula pero bien equipada cocina, dos habitaciones– una regular y otra más pequeña– y un cuarto de baño, con la cabina de la ducha separada. Los grandes ventanales dejaban ver una vista maravillosa; por la noche, las iluminadas márgenes del río y las populosas arterias circundantes, así como el Jardín Botánico y la imponente cúpula blanca del Capitolio, a lo lejos, parecían una tarjeta postal.

Salima había dejado la maleta en la habitación y ahora se estaba duchando; Olivia – la hermana de Michael– aprovechó de acercarse a su hermano y susurrarle:

– ¿De dónde has sacado a ese saco de patatas con ojos?

El hombre sonrió, sin enseñar la dentadura:

– ¿Eso te parece? Yo diría que es bastante bonita…Debajo de toda esa colección de trapos.

– ¡Dios mío, el ser de la CIA te debe haber dotado de ojos de rayos X!

– Bueno, pues quiero que me ayudes en eso también: te daré dinero para que le compres ropa, bolsos, zapatos…todo lo que necesitáis las mujeres para estar guapas. Llévala a un instituto de belleza, o donde se te ocurra, para que la cambien de aspecto y la pongan lo más parecida posible a una "miss" América. Y cómprale unas gafas negras; no quiero que la reconozcan por los ojos.

Su hermana le miró, con severidad:

– ¡Mick! ¿En qué lío te has metido esta vez?

– Es ella la que corre peligro. Ya hablaremos de eso. Además, te traeré la estatua de San Miguel Arcángel que me regaló hace años el padre O`Simmons: la pondrás a la entrada.

El rostro de la mujer pareció tensarse, y sus comisuras se inclinaron hacia abajo:

– ¿Es eso? ¿Está detrás de esa chica una secta satánica?

– Pudiera ser…no estoy seguro. Por lo pronto, salid siempre juntas, no la dejes sola ni un momento ni te fíes de nadie. Sé que puedo contar contigo.

Olivia Bradford se había puesto muy seria:

– Pediré una semana; me deben varios días de vacaciones. Espero que en ocho días soluciones el problema. Por lo pronto – volvió a sonreír, ampliamente, y sus ojos (pícaros y chispeantes) se achicaron. – ¡Mañana la llevaré donde mi amiga Nancy! Es una antigua alumna, y tiene un magnífico salón de belleza: peluquería, estética, manicura…!Creo que será muy divertido! El patito feo puede convertirse en cisne…

En aquel momento sintieron el pestillo del cuarto de baño y vieron salir a Salima: llevaba una toalla y unas ropas en la mano.

– ¡No te preocupes por la toalla, querida; déjala secándose en el colgador! Será tu toalla de baño.– Exclamó alegremente Olivia, con el rostro vuelto hacia ella. La joven egipcia llevaba el largo pelo, mojado, suelto sobre la espalda. Se regresó y dejó la toalla, después salió rápidamente, sonriente, y entró en su cuarto, cerrando la puerta.

Los dos hermanos se miraron.

– ¿De qué puedo hablar con ella, Mick?

– De todo. Es egipcia, aunque tiene muchos años en Washington; se ha escapado de su casa. Le he dicho que soy policía. Y me he mostrado dispuesto a ayudarla. Fue interrogada como testigo cuando el atentado contra el Presidente.

Los grises ojos de Olivia se agrandaron, al volverse con sorpresa, hacia su hermano.

En el cuarto que le asignaron – que tenía una bonita vista hacia el Jardín Botánico– Salima colocó su maleta sobre una mesa. En el baño, se arrancó el esparadrapo que circunvalaba su muslo, ahogando un grito de dolor: la piel se le había irritado. Echó el esparadrapo en el cubo metálico, hecho una bola, y guardó la pequeña agenda entre sus ropas; ya en la habitación, volvió a encontrarse con el dilema de no saber dónde esconderla. Su maleta podía ser registrada – al fin y al cabo, no sabía "quienes" eran esas personas– y ella no deseaba que la encontraran, pero ya no tenía más esparadrapo y no podía adosársela al cuerpo. Había mirado en el armarito de primeros auxilios del cuarto de baño – señalado con una cruz roja – pero sólo encontró "tiritas", de diversos tamaños.

Desesperada de no hallar un escondrijo ideal, optó por llevarla encima y eligió un vestido – con aspecto de "baby" de párvulos – de amplios bolsillos. Era de manga larga, cuello camisero, y se ajustaba a la cintura con un cinturón fino, de la misma tela, color gris plomo. Salió del cuarto y vio a los hermanos sentados en el sofá de la sala: ambos levantaron los ojos hacia ella, para verla venir, sonrientes.

– ¡Dios mío! – Pensó Michael mirando el negro pelo todavía húmedo– ¡Parece una ratita mojada!

Olivia, en cambio, se fijó en la estrechez de su cintura, el breve seno erguido y la curva airosa del largo cuello, finamente torneado, como el de una estatua:

– "Esta niña– se dijo– hace lo posible por parecer poco atractiva ¡qué extraño!"

– Siéntate con nosotros, Salima; en el sillón, estarás más cómoda. Michael se quedará a comer. Prepararé unos "sándwiches" enseguida, pues ya es tarde… Mi hermano dice que puedes correr peligro y que debes cambiar de aspecto, así que mañana te llevaré a comprar ropa y al Salón de Belleza de una antigua alumna mía.

– Siento que tengan que tomarse tantas molestias por mí.

– ¡No es molestia! Pero, vamos a concretar: Michael es de la policía, no sé si lo sabías…y estaba vigilando a un hombre… !Es mejor que se lo cuentes tú, Mick!

Olivia miró a su hermano significativamente: quería dejar claras las cosas.

– No hay mucho que contar. Estaba vigilando – estoy– a un ciudadano americano, de origen egipcio, sospechoso de traición y de colaboracionismo con la Unión Soviética. Vi a ese individuo entrar en casa de la familia Azís–Damar: tomé nota de todos sus habitantes y seguí vigilando. La vi hoy salir inopinadamente a usted, Salima, y la seguí: escuché parte de la conversación que tuvo con el hombre que la abordó en la calle ¡mi hombre, el traidor! Y oí que este se estaba haciendo pasar por policía: me consta que es un individuo peligroso, e impedí que la engañara a usted. Eso es todo.

– ¿Y tú, Salima, por qué te ibas de tu casa?

La muchacha notó que debía de estar ruborizándose, porque sintió calor en la cara:

– Ibrahím – el hermano mayor, y por tanto, el jefe natural del clan familiar, después de mi tía abuela– es un hombre de negocios muy importante. Para cerrar un trato comercial de forma ventajosa, me ha prometido en matrimonio a un magnate de Túnez, cosa normal en nuestra cultura. Pero yo repudio esa transacción, pues el prometido tiene setenta y cinco años.

– ¡Qué horror! – Exclamó Olivia.

– En mi departamento– dijo Michael– tenemos razones para creer que su tío – o primo– Ibrahím, está metido en asuntos de alta traición, con el hombre que conoció hoy, que por cierto se llama Shardif, Tarek Shardif. ¿Por qué cree, Salima, que este hombre la siguió y quiso llevarla con él?

La limpia mirada de los ojos grises se clavó en los negros ojos almendrados. Salima sostuvo la mirada, con la mayor inocencia: estaba tan acostumbrada a disimular, que no le costaba ningún trabajo. Mentalmente, había elegido una línea a seguir: no sabía nada de nada, y eso sería lo que diría en todo momento; al fin y al cabo –volvió a decirse– ella no conocía a aquellas personas...

– ¡No lo sé! Yo nunca le había visto. Y mis primos nunca hablan de sus cosas delante de mí.

– Shardif cree que sabe algo importante.

– ¡Pero no sé nada! – La voz de la muchacha se elevó un poco, con un deje de alarma. Olivia dirigió a su hermano una mirada de aviso: había que ser más sutil.

– ¡A la legua se ve que eres una chica inocente!– Exclamó con una abierta sonrisa– Pero…ellos pueden creer que sabes algo; algo que no sabes que sabes.

Los negros ojos giraron hacia ella:

– ¿…Qué no sé qué sé?

– Sí. Algo a lo que tú no le das la menor importancia, pero que la tiene, y que temen que se te escape, cándidamente, delante de alguien…Algo que viste, o que escuchaste, y que no has retenido en tu memoria porque no llamó tu atención en el momento, pero que puedes recordar en cualquier instante y darle su verdadero significado.

– Comprendo…– Se pasó una mano por el flequillo que cubría su frente– pero yo no sé qué puede ser, si es que existe ese algo…

– Shardif la hubiera obligado a recordar, de alguna manera: los soviéticos son hábiles en la tortura – Michael fue rudo, deliberadamente– y también suelen utilizar drogas, para obligar a la gente a decir lo que no quieren. Por eso, entre otras cosas, le dije que corría usted peligro, y la traje hasta aquí. –

Si lo que quería era asustarla, lo consiguió; Salima se puso lívida hasta los labios:

– Yo no sé nada de nada. – Repitió con voz apagada.

– Bueno, ya no hablemos de cosas desagradables ¡tengo un hambre de loba! – Exclamó Olivia, mirando su reloj de pulsera– ¡Voy a preparar unos bocadillos, o se nos juntará el almuerzo con la cena!

– ¿Quiere que la ayude?

– No. Estarás rendida de tantas emociones; quédate aquí con Michael ¡o se nos meterá también en mi pequeña cocina, y entonces parecerá el camarote de los hermanos Marx!– Se levantó– ¡Ah! Y háblame de "tú". A Michael también, no es tan viejo…es mejor que nos tuteemos todos.

Se quedó a solas, frente a Michael. Frente al alto e inquietante "Klaatu". Este la contempló con una sonrisa amable, pensativo, mientras pasaba lentamente la uña de su pulgar a lo largo de su mandíbula. Vista así, de cerca y de frente, no era fea: además de los preciosos ojos negros, el óvalo de su cara era muy hermoso, así como sus graciosos labios, y la nariz, ligeramente remangada… No eran rasgos bellos ni perfectos, pero sí armoniosamente colocados. Todo ello, desdibujado bajo un inmenso flequillo que le daba semejanza con un pollino. Había que mirarla detenidamente para calibrar la gran armonía del conjunto de sus facciones; vista de prisa era un espantajo delgaducho y amorfo.

– Su hermana es muy agradable.

Dijo la muchacha, para romper el molesto silencio.
– Sí. Es bastante mayor que yo, fue una madrecita para nosotros.
– ¿Nosotros?
– Tuvimos otra hermana...una hermana sólo dos años mayor que yo.
– ¿Dónde está ahora?
– Murió. Se llamaba Ethel.
– ¡Oh, lo siento!
– Pasó hace tiempo.
– ¿De qué murió, cáncer?
– No. La asesinaron. Fue víctima de una secta satánica.

Salima no sabía dónde mirar; se había puesto muy nerviosa y volvió a murmurar:
– Lo siento. – Un escalofrío recorrió su espalda. Por fortuna, la dinámica Olivia los requirió desde la cocina para poner la mesa:
– ¡Voy con pollo frío y pan de molde! Llevo unas rodajas de tomate, hojas de lechuga, y mayonesa, y salsa tártara...lo acompañaremos con un buen vaso de leche fría.

Salima y Olivia recorrieron juntas los grandes almacenes Nordstrom Rack: para la joven egipcia, era vivir un cuento de hadas. Se sentía como la protagonista de "Sabrina" ¡nunca soñó que tal cosa pudiera pasarle a ella! Olivia pensaba que tendría necesidad de emplearse a fondo para aconsejarle buen gusto en el vestir, pero no fue así: se sorprendió al ver que la muchacha iba directa a la ropa más elegante, juvenil y clásica, con un estilo que habría sido imposible suponerle, a la vista de su horrendo vestuario. No sabía que Salima llevaba años fijándose en la forma de vestir y de maquillarse de las más elegantes estrellas de la pantalla, como Bárbara Stanwyck, Jane Wyman, Grace Kelly o Doris Day.

Era ropa "pret a porter" y no de marcas elitistas, pero de excelente calidad. Con los zapatos, pensó que la chica tendría problemas con los tacones – que nunca había llevado– pero no fue así: eligieron tacones finos, no superiores a los siete u ocho centímetros, y aunque – al andar para probárselos– la joven se veía algo insegura, era tanto su afán de llevarlos, que Olivia terminó convencida de que no tardaría nada en aprender a caminar con ellos con soltura. ¡Acabó por divertirse extraordinariamente, al ver el entusiasmo ilusionado de la muchacha! Comieron allí mismo y continuaron por la tarde, comprando complementos y lencería:

– Haremos un paquete con toda tu ropa y la entregaremos a las monjas de San Vicente de Paúl, para que la repartan entre los pobres. – Dijo entre risas Olivia– ¡Y mañana, a la peluquería y al Salón de Belleza! ¡Me siento como Pygmalión! No olvidemos comprar unas gafas de sol bien grandes; Mick insistió en ello.

Salima sintió un nudo en la garganta:

– ¿Por qué son tan buenos conmigo? – Preguntó, emocionada– ¡Ni siquiera me conocen y esto significará un buen pico en la cuenta corriente de su hermano!

– ¡Oh, no te apures! Michael es soltero y gana un estupendo sueldo; es muy ahorrador. Además, no estamos tirando la casa por la ventana: dos trajes elegantes "de vestir", tres vestidos sencillos, un conjunto de media gala, un jersey, dos camisas, dos pares de pantalones, tres pares de zapatos con sus bolsos… ¿Qué más? ¡Ah, sí, una bata de casa, y la lencería indispensable! No es mucho. Mick podrá soportarlo.

– ¿Por qué lo hace?

Los grandes ojos negros miraban interrogantes. Olivia se puso repentinamente muy seria:

– Porque hace tiempo– respondió– hubo una muchacha que fue víctima de una secta satánica…Era nuestra hermana. Michael no pudo salvarla…y no quiere que la historia se repita con nadie más.

– ¿Por qué cree él que me acosa una secta satánica?

– Tiene sus razones para creerlo…Prefiero que sea él mismo quien te lo explique.

Michael no apareció por el apartamento aquel día, y las dos mujeres se durmieron, cansadas pero satisfechas, después de haber visto la película "Ultimátum a la tierra", a petición de Salima. Casualmente, a Olivia le gustaba aquella cinta y tenía el vídeo: su colección era muy reducida. Algunos clásicos como "Casablanca", "Lo que el viento se llevó", y "Vacaciones en Roma"; "Psicosis", "Rebeca" y poco más. Salima, ya a solas en su alcoba, metió la agenda de tapas negras bajo su almohada. Tuvo un sueño agitado, con imágenes desagradables de ángeles caídos y demonios.

Muy temprano, Olivia la llevó en su coche a "Nancy`s Stilo", un salón de belleza para mujeres de clase media, que siempre tenía buena clientela. La antigua alumna de la gimnasta era una rubia con gafas, bastante rellenita. Escuchó en silencio a Olivia y asintió:

– Comprendo: un cambio de "look" total...– Alargó la mano y sujetó algunas mechas del espeso flequillo de la joven egipcia– ¡Veremos qué hacemos con esto! Tendrán que hacerle un corte de pelo "alocado", tipo "años 50". Pero hay material – su mirada crítica y profesional resbaló por el rostro y la silueta de Salima, que ya venía elegantemente vestida con un conjunto de dos piezas, de entretiempo, color salmón, con una graciosa falda ajustada. Los altos tacones y las medias de nylon color melocotón realzaban la esbelta escultura de sus piernas.–

– Sí, puede resultar...

Olivia decidió irse a hacer la compra en el supermercado más cercano, mientras las peluqueras, esteticistas y manicuras se hacían cargo de la muchacha. Cuando regresó, a las dos horas y media, Salima la estaba esperando sentada, con una revista entre las manos. Dejó la misma y se puso de pie al ver entrar a la hermana de Michael: sus ojos negros tenían un brillo aterciopelado; un fulgor de felicidad innegablemente hijo de la autocomplacencia y seguridad que su nueva imagen le confería.

– ¿Qué tal? – Preguntó, con una amplia sonrisa. Olivia se quedó como clavada en el suelo: no podía creer que aquella preciosidad morena fuera la misma chica de aspecto ratonil que dejara dos horas y media antes. Salima tenía una frente despejada y lisa, con una preciosa entrada de pelo, en forma de corazón. Le habían hecho un corte estilo años 50, bastante corto, imitando un "despeinado" muy casual... su rostro estaba iluminado por el "rouge" color coral, y por los polvos compactos y el suave colorete; mientras que los grandes ojos oscuros se resaltaban por la negra máscara de pestañas, que hacía estas aún más largas y espesas, y por la delgada línea oscura del párpado inferior. Una delicada sombra de ojos en gris azulado, terminaba por acentuar la belleza de sus pupilas. Las cejas no habían sido modificadas, más que por la depilación de algunos pelillos que tendían a poblar demasiado el entrecejo.

Nancy estaba contemplando la escena y se regocijó ante el estupor de su amiga y ex profesora:

– ¡No parece la misma! ¿Verdad? ¡Le hemos dado luz! Y ese horrible flequillo...nos ha dado bastante guerra, No ha hecho falta echarle maquillaje, basta con los polvos compactos; tiene un cutis muy terso y un bonito color, sólo un poco pálida... Creo que ahora podría presentarse a un concurso de belleza.

Y Nancy se echó a reír, satisfecha:

– Lleva en ese estuche todo lo que precisa para maquillarse, incluyendo unas pinzas para depilarse el entrecejo, y laca para el cabello.

Olivia pagó con complacencia la factura, no demasiado abultada para el trabajo empleado: pensó que sería difícil que nadie pudiera reconocer en esta radiante joven, a la anodina y gris Salima Barak.

Estaba viviendo unos días de euforia y no deseaba recordar nada malo. Salima ocultó la odiosa agenda debajo del colchón, dispuesta a no volverla a ver ni a acordarse más de ella. Sus nuevos amigos eran encantadores y ella había adquirido un aplomo, una serenidad distintas; se veía en el espejo y se encontraba bonita: podía levantar la cabeza con sano orgullo y decirse a sí misma: "¡Soy bonita!...!Y no tengo ya que ocultar mi rostro, ni mi inteligencia, ni mi personalidad!" El mundo se había vuelto, de repente, color de rosa, y la amenaza del matrimonio en Túnez parecía un mal sueño del pasado...

Al día siguiente, Michael se presentó en el apartamento; tenía su propia llave y entró, cargado con un gran bulto envuelto en papel castaño. Salima le sintió desde su cuarto hablar con Olivia, y su corazón se disparó. El hombre colocó el bulto en una esquina del pequeño "hall":

– Empuja para allá ese paragüero, Olivia: voy a colocar esta mesa más hacia el centro. Quitaremos ese adorno de flores secas y el espejo de la pared, y pondremos la imagen.

Los dos hermanos se aplicaron a la labor de hacer sitio a la estatua de San Miguel Arcángel, bastante voluminosa. Michael retiró el papel castaño: era una talla de madera policromada de unos 80 centímetros, que representaba al Arcángel, Jefe de las Milicias Celestiales, con la espada en alto: tenía un rostro clásico, blancas alas y coraza dorada: bajo sus pies – calzados con sandalias de correaje, estilo romano– se retorcía una figura oscura y verdosa, de puntiagudas orejas y alas de murciélago.

Ninguno de los dos sintió llegar a Salima, que se había puesto los zapatos de medio tacón y caminó hacia el "hall", tratando de no hacer ruido: llevaba unos ajustados pantalones "blue jeans" y una alegre camisa estampada en blanco y azul, de manga larga.

– ¡Hola!– Dijo con timidez.

El joven levantó la cabeza y su rostro reflejó tal asombro que las dos mujeres se echaron a reír.

– ¿Salima? ¡Salima! ¡No puedo creerlo! ¡Qué transformación!

La joven se sintió complacida: había visto en sus ojos la sorprendida admiración de Michael. Y era la primera vez que un hombre la miraba así.

– ¡Ya ves! ¡Yo misma no me conozco!– Sus ojos se posaron en la estatua– ¡El ángel Miguel! ¿Por qué lo has traído?

– ¿Lo conoces?

– ¡Claro! Es el ángel Mijal, el que anunció a Abraham – para nosotros, Ibrahím– el nacimiento de Isaac y de Jacob. Es el ángel de las bendiciones.

– Exacto. Y para los judíos, el que acompañó al pueblo de Israel durante su travesía del desierto. Pero es algo más: el que expulsó a Lucifer del cielo. Es un arcángel poderoso contra el Mal: me agrada la idea de que custodie vuestra puerta.

– Pero es sólo una estatua...– Dijo la chica, con cierta desilusión.

– Sí, pero representa al verdadero, que está junto a Dios. Como una foto o escultura de cualquier persona, representa a esta.

– ¿Qué es lo que temes, Michael?

Era la primera vez que ella le llamaba por su nombre y al hombre le sonó muy dulce al oído. Olivia se había llevado el espejo oval de marco dorado para buscarle otra ubicación, y regresaba sacudiéndose las manos. Oyó las últimas palabras del diálogo:

– Cuéntaselo, Mick. – Rogó, con el rostro serio.

– Vamos a sentarnos; antes, iré a tirar estos papeles de envolver.

Todos tomaron asiento en la salita, la joven egipcia ocupó el sillón.

Michael permaneció un rato en silencio y Salima observó, divertida, aquel gesto que hacía mecánicamente – cuando estaba meditabundo– de pasarse la uña del pulgar por la mandíbula, casi desde el nacimiento de la oreja, al mentón. Al fin, el hombre pareció tomar una resolución y comenzó a hablar:

– La historia se remonta a finales de los años 50...Surgió una falsa iglesia cristiana ¡cristiana marxista! Que se dedicó a hacer obras de caridad entre los indigentes; repudiaba el racismo ¡en unos años en que, por desgracia, aún este existía, y tenía fuerza en este país! Y mucha gente de color se adhirió al nuevo credo, que tenía severamente castigada la apostasía. Sufrió varias modificaciones y un hombre, llamado Jim Jones, la convirtió finalmente en "La Iglesia del Templo del Pueblo". Al principio, lograron introducirse en la sociedad y arraigar, llevando a cabo diversas obras de caridad, con drogadictos, marginados...pero las declaraciones demenciales de Jones, que acusaba a Estados Unidos de ser el Anticristo, su completa anexión al marxismo militante, y varios rumores que corrieron, hicieron que Jones quisiese poner tierra de por medio, y se trasladase a Guyana, para fundar allí una especie de granja autónoma, o ciudad agrícola, separada del resto del mundo.

– ¿Qué rumores fueron esos? – Preguntó la chica, interesada. Fue Olivia quien contestó:

– ¡No pagaban impuestos al Estado! Ni dejaban a los niños asistir al colegio; ellos asumían íntegramente la educación de los mismos. Entonces empezaron las deserciones ¡y se hablaba de formidables palizas a los desertores, y amenazas de muerte! Los que se iban, estaban tan aterrorizados que no querían poner denuncias judiciales, ni denunciarlo tampoco ante los medios de comunicación.

Michael retomó la narración:

– Jones había añadido a la secta un terror milenarista: decía que el mundo se acabaría con el advenimiento del tercer milenio, en el año 2000. Y también diversas ceremonias de adoración personal a sí mismo. El FBI empezó a fijarse en el asunto, pero no podían hallar pruebas de hechos delictivos. Cuando Jones se olió que le estaban investigando, levantó el vuelo con cerca de un millar de adeptos, para instalarse definitivamente en América del Sur.

– Por entonces – continuó Olivia– nuestra hermana Ethel estaba muy linda; se había licenciado en Bellas Artes, era de natural sensible, generoso, y muy altruista…Conoció a un hombre joven, y según ella decía, muy guapo. Nosotros nunca le vimos. Se enamoró perdidamente y él la convenció ¡no sé cómo! de que había allí un gran campo para hacer el bien, y grandes obras sociales y de caridad. !Ethel no parecía la misma! Era como si estuviese hipnotizada; el magnetismo de ese embaucador debía de ser enorme…No quiso oírnos ni a Michael ni a mí, y un día, desapareció de casa, dejándonos una nota de despedida, antes de irse a Guyana con aquella gente.

– Por aquel tiempo– prosiguió Michael– cundió una gran

preocupación en las altas esferas del gobierno de la nación, la cámara de representantes, la CIA y el FBI... Por todas partes surgían casos que parecían aislados...pero no lo eran, de ceremonias secretas como misas negras y otras orgías paganas y demoníacas, más o menos criminales: lo peor es que aquella ola de satanismo invadía a la propia CIA, y a los más altos estratos de toda la sociedad: especialmente implicadas en todo ello estaban mujeres de la altas esferas, casadas con senadores, diputados, militares... Y también esposas de policías y de agentes secretos. Todo empezaba con una creciente adicción al esoterismo y al espiritismo, a los echadores de cartas de tarot, y a los videntes que utilizaban güijas... La deriva seguía hacia reuniones donde se realizaban actos sacrílegos, orgías, y sacrificios de animales...Se llegó a hablar de sacrificios humanos por Halloween– hubo una gran ola de niños y jóvenes de ambos sexos, desaparecidos, de los cuales nunca se llegó a saber nada.– Cuando empezamos a investigar a fondo, se sucedieron una serie de suicidios muy significativos: la conclusión fue que aquel repentino auge de las sectas satánicas no había surgido por generación espontánea, ni mucho menos: obedecía a un plan determinado, y estaban recibiendo dinero, mucho dinero, proveniente de la Unión Soviética, y también de la Masonería Internacional. El objetivo estaba bien claro: atacar por su base a la sociedad norteamericana, buscando conseguir su destrucción, por medio de la degeneración. ¡Guerra sucia de la peor especie! ¡Y mi propia hermana había caído en las garras de uno de estos alucinados o perversos! Me trasladé a Guyana con el congresista Leo J. Ryan – miembro de la Cámara de Representantes por el Estado de California– hombre que había escuchado la inquietud de varios familiares de adictos a aquella secta, que contaban cómo Jim Jones había convertido su supuesta granja colectiva en un especie de "gulag", donde incluso se torturaba a quienes querían escapar de allí. El lugar se llamaba "Jonestown" y Ryan no pudo hacer nada, porque lo asesinaron en una emboscada varios miembros de la secta, por orden de Jones. Yo resulté herido en el tiroteo; me dieron

LA HORA DE LUCIFER

por muerto. Una bala me atravesó de parte a parte, pero milagrosamente entró por debajo del hombro y salió por la espalda, por encima del omoplato, sin tocar ningún órgano vital. Perdí mucha sangre y estuve bastante enfermo. Dieciséis días después de aquello, Jones obligó a suicidarse a todos sus adeptos: hubo cerca de novecientos muertos, incluyendo niños. Algunos adeptos, muy pocos, lograron escapar con vida de la masacre ¡y sus narraciones ponían el vello de punta...! Estos quisieron –como es lógico– permanecer en el anonimato. Este desastre ocurrió el dieciocho de noviembre de 1978.

– ¿Y tu hermana Ethel, estaba entre los muertos?

– Sí. Y por la autopsia, se supo que había tomado un veneno, pero también fue acuchillada.

El silencio reinó en la habitación durante un momento. Salima estaba fuertemente impresionada.

– Por eso– continuó hablando Michael– cuando vigilaba la casa de tu familia, por un asunto completamente distinto – el intento de magnicidio y sus ramificaciones– me extrañó verte salir de estampida con una maleta y observar, enseguida, cómo intentaba llevarte consigo ese hombre, que yo conocía.

– Pero...no entiendo: tú seguías a ese hombre como sospechoso de traición, y de tener algo que ver con el intento de magnicidio en la persona de Reagan ¿qué tiene que ver con las sectas satánicas, y con tu hermana?

– Ya te he dicho que yo conocía al hombre...– Te mostraremos algo... ¿Quieres traer el cuaderno, Olivia, por favor?

Durante todo el rato que había estado hablando, Olivia permaneció mirando a su hermano, con curiosidad, como si quisiera preguntarle algo. Al solicitarle que fuera por el cuaderno, no dijo nada y se levantó: abrió el cajón derecho del mueble principal del salón – que tenía cuatro estantes para libros – y extrajo un cuaderno grande, de dibujo, y se lo alargó a la muchacha, abierto por una determinada página:

– Mira. – Dijo– Este cuaderno de dibujo era de Ethel ¡pintaba muy bien! Retrató a su novio...y es la única pista que tenemos de su persona.

Salima cogió el cuaderno y una exclamación se escapó de sus labios: el dibujo representaba, casi como una fotografía, el rostro perfecto de Tarek Shardif: le había pintado de frente, con una camisa tipo tejano, a cuadros rojos y negros: estaba hecho con lápices de colores y en una esquina ponía: "Mi amor". El rostro atezado de aquel hombre – bello, como un galán de cine– era inconfundible, así como sus grandes ojos celestes.

– Cuando le vi contigo, sentí miedo. – Continuó Michael– ¿Por qué quería llevarte con él? ¿Habías tenido tú algún trato con ese hombre?

– ¡No le conocía de nada! – Exclamó, asustada, Salima– ¡No sé por qué vino tras de mí!

– Bien…Pero ahora ya sabes hasta qué punto es peligroso. Si es amigo de tu primo Ibrahím, averiguaré por qué causa, y qué es lo que quiere. Tal vez, si está detrás del intento de magnicidio, puede creer que tú viste algo cuando estuviste en el sitio: algo de lo que no te has percatado, como te dijo antes Olivia.

– ¡Ojalá pudiera saber lo que es! Pero yo no sé nada ¡nada!

Más tarde, ya solos los dos hermanos, Olivia miró a Michael, con interés:

– No le has dicho nada de lo de Teherán.– Susurró– De la presencia de ese hombre en el asalto a la Embajada americana, y lo de la iglesia profanada…

– Prefiero que crea que sé menos de lo que sé en realidad…al fin y al cabo, no sabemos realmente qué pinta ella en el asunto. No es bueno enseñar todas las cartas.

– ¿Sospechas de ella? – Olivia pareció escandalizarse– ¡Eso es absurdo! ¡Se ve a le legua que es una chiquilla inocente, y que está muy asustada!

– Estoy seguro, de que hay algo que no nos ha dicho. Espero que, poco a poco, se confíe y lo diga.

En la soledad de su alcoba, aquella noche, Salima se removió – inquieta– en su cama, sin poder conciliar el sueño:

– ¡Boba, más que boba! – Se dijo a sí misma– ¡Te gusta

Michael y no te atreves a fiarte plenamente de él!

Estaba tan poco acostumbrada a fiarse de nadie, que se enconchaba en su caparazón, como una tortuga: no se atrevía a hablarle a los hermanos Bradford de la agenda, de sus propias amenazas a Ibrahím... ¡y de las terribles amenazas de él! !No quería poner a la policía tras su primo, no quería perjudicar a la familia! Si Michael podía demostrar que Ibrahím era cómplice del intento de magnicidio, serían deportados, tal vez su primo fuera encarcelado... ¿Cómo podía hacerle eso a Ashma? Se insistía una y mil veces en que el contenido de aquella agenda no debía de ser realmente importante ¡seguro que no era importante...!

– No quiero pensar más en eso – se repetía, al borde del llanto– ¡no quiero, no quiero, no quiero...!

Michael Bradford le gustaba. Era un hombre muy atractivo. Pero no se le escapaba que también era el único hombre con quien había tratado, aparte de los de la familia:

– ¡Tengo tan poco mundo – se decía con amargura– que es lógico que me impacte el primer hombre con quien trato, el primero que me ha mirado con verdadera admiración, como se mira a una mujer bonita!

Y sin poder dejar de pensar en los grises ojos de "Klaatu", trataba de quedarse dormida, pero el sueño no acudía... sentía remordimientos con Ashma:

– Al fin y al cabo – se decía, casi en voz alta– aunque nunca ha sido tierna ni cariñosa, se ha portado siempre muy bien conmigo: ha sido la única persona que me ha mostrado afecto y se ha preocupado por mi persona ¿qué estará pensando de mí, ahora? ¿Me estará buscando?

Michael Bradford tuvo que hacer un viaje a Bulgaria y luego a Turquía; Bulgaria era un país de la Unión Soviética: iba allí, siguiendo a Ibrahím Azís–Damar ¿para qué iría a Bulgaria aquel hombre? Le siguió, pegado a su sombra, como una lapa...en Sofía, el comerciante de origen egipcio fue recibido en un departamento de un edificio oficial; estuvo allí muy poco tiempo. Registró de noche su habitación, pues se hospedó en el mismo hotel. No encontró nada sospechoso entre sus pertenencias, sólo llamó su atención un blanco sobre cuadrado, con las iniciales A.A. Lo abrió, con la pericia que le habían enseñado, y vio su contenido: únicamente había tres monedas búlgaras de un lev, de reciente acuñación, y un sobre color sepia aparentemente muy manoseado, doblado en cuatro ¡abierto y vacío! con un sello de correos búlgaro, y un matasellos cuya fecha estaba tan borrosa que era ilegible: la palabra SOFÍA, en búlgaro, sí resultaba legible. Todo lo había hecho con finos guantes de látex, para no dejar huellas. Volvió a dejar todo en su sitio, tras cerrar nuevamente el sobre cuadrado, y tornó a salir por donde entrara: por la ventana, pasando furtivamente de balcón a balcón, como un ladrón de guante blanco. Ya en su habitación, Michael se preguntaba, perplejo, para qué llevaba Ibrahím Azís–Damar aquel sobre con un contenido tan absurdo. Y quién sería "A.A."

El próximo paso fue ir tras su perseguido hasta Ankara. Volvió a hospedarse en el mismo hotel, eludiendo en todo momento encontrarse de frente con él. Ahora llevaba un sombrero negro y unas gafas redondas, para cambiar ligeramente de aspecto, y un"clergyman" igualmente negro. El blanco alzacuello le confería un aspecto muy respetable. El disfraz era innecesario: Ibrahím estaba demasiado nervioso para fijarse en nada. Le siguió y le vio encontrarse con un hombre en una cafetería: quiso hacer una buena fotografía, pero aquel hombre – joven, delgado y moreno– parecía muy escurridizo: todo el tiempo mantuvo una mano ante su rostro, y se movía mucho: la entrevista fue muy breve, brevísima: el hombre – que parecía un turco corriente– se levantó de repente y se marchó. Ibrahím se quedó sentado y abonó la consumición: el joven con quien se entrevistara no había tomado nada. Michael tuvo tiempo de tomar un par de fotos, pero no creía que pudiera nadie identificar a aquel tipo, corriente y ordinario, que apenas se dejara ver. Lo que sí pudo observar es que Ibrahím le había entregado algo: un objeto blanco que cambió rápidamente de manos... ¿Un sobre cuadrado, podría ser...?

Discretamente, Michael se levantó y salió del establecimiento en pos del desconocido, que llevaba la cabeza descubierta, una camisa gris de manga larga y un pantalón "beige". Sus largas piernas le ayudaron a recuperar el terreno perdido; vio a lo lejos al hombre caminar entre la gente y acortó distancias. Si lograba averiguar quién era el joven desconocido, se habría apuntado un tanto. Llevaba un rato siguiéndole cuando, bruscamente, un taxi se detuvo ante el joven y una voz dijo— en árabe— desde el interior, abriendo una puertecilla:

– ¡Sube, Alí; de prisa!

Y el taxi se perdió por la populosa avenida Ataturk Bullebar. Michael miró desesperadamente en torno, buscando otro taxi, pero era una "hora punta" y todos— no había muchos— pasaban ocupados. Masculló una palabra malsonante y se dio la vuelta.

Al día siguiente, voló rumbo a Londres en el mismo avión que el egipcio y de allí, a Washington, esta vez, vestido con una chilaba marroquí a franjas oscuras, verticales, y con un rojo fez sobre la cabeza. No estaba satisfecho; no había podido sacar nada en limpio.

En los aviones, tuvo tiempo sobrado para meditar...Su instinto de agente del servicio secreto le hacía pensar en que pasaba algo poco real...Las cosas habían resultado demasiado fáciles. ¿Una "mise— en— scéne", dedicada a él? ¿Se habían dado cuenta de su persecución, y le pusieron todo en bandeja? En tal caso ¿qué objetivo podía tener aquel montaje? ¿O iría a servir Ibrahím Azís— Damar de cabeza de turco, para tapar a alguien? ¡Era un hombre excesivamente nervioso para emplearle en misiones secretas de alto nivel! Pensó en las monedas búlgaras y en el sobre vacío con un sello de Bulgaria...A.A. ¿Alí? ¿Qué necesidad tenía el hombre que iba en el taxi – al que no pudo ver– de pronunciar aquel nombre? ¿Para que él lo oyera? Entre espías y contraespías, nunca se dicen los nombres... ¿Un alias? Alí: uno de los nombres más comunes usados entre los musulmanes.

La filatelia y la numismática eran siempre las cosas más

significativas, cuando se quiere señalar a un país determinado: los sellos y la moneda. ¿Se buscaba señalar directamente a Bulgaria...? ¿Para qué? ¿Una pista falsa? ¿Para algo que iba a suceder, y no en Bulgaria, precisamente? ¿Y qué podía ser ese algo tan importante, que justificase el viaje de Ibrahím, desde la lejana América?

Olivia no podía tener más de una semana de permiso: pasada la cual, tuvo que volver a su trabajo en el colegio de señoritas. Para no dejar sola a Salima en el apartamento, se la llevaba con ella y esta presenciaba como la gimnasta daba clases a sus alumnas, de distintas edades, y algunas veces, hasta realizaba ejercicios con las chicas. Pero Salima tenía un plan, y un día se empeñó en quedarse acostada, pretextando una jaqueca.

En cuanto se vio sola, la joven egipcia corrió al teléfono y marcó el número de su antiguo hogar. Reconoció la voz de Ashma: involuntariamente, sus ojos se llenaron de lágrimas:

– Soy yo, tía.

La anciana no pudo reprimir una exclamación de alegría:

– ¡Bendito sea Alá! ¡Salima! He entrado en tratos con una agencia de detectives, para que te buscara ¿dónde te has metido? ¿Por qué te fuiste de esa manera? ¡Lo de tu matrimonio era negociable!

– Tía Ashma, por favor, dile a esos detectives que no me busquen: corro peligro ¡y tú también! Toda la familia. No soy una ingrata, tía Ashma...– Su voz se quebró– Y lamento haberte dado este disgusto, pero no podía quedarme...Estoy bien: amparada, protegida...

La anciana la interrumpió, impaciente:

– ¿Protegida de qué? ¿Qué peligro es ese? ¡Háblame claro!

– No puedes decir nada a nadie, tía Ashma, sería imprudente: pero debes saber que Ibrahím se ha metido en líos que pueden conseguir que lo encarcelen, o que deporten a toda la familia. Dile, con toda tu autoridad, que lo abandone todo, absolutamente todo: que deje las exportaciones e importaciones en manos de sus hermanos y que se vaya ¡que se vaya lejos, tía! Si no se quita de en medio por una buena temporada, causará la ruina de todos. Insiste en que se vaya de vacaciones un año, a las Bahamas, que le gustan tanto, o a Hawái...!Pero que lo deje todo y se vaya, ya!

– ¡Eso es una locura! Debes volver a casa inmediatamente ¿me oyes? y...

Salima colgó el teléfono. No quería dar más explicaciones, pero con eso, creía que Ashma tendría bastante, y actuaría.

Cuando pensaba – pasado el tiempo– en lo que le ocurrió aquella semana, Michael opinaba que se había vuelto loco: un viento de locura, un ramalazo de inconsciencia y de deseos de vivir, pareció arrasar hasta con su buen juicio. Todo empezó cuando su hermana le reprochó su aspecto, cansado y algo deprimido:

– ¡Mírate! Estás más delgado ¡y no te favorece, precisamente! Cuando tienes "stress", la piel se te pega al hueso, como a mí... !Y tienes ojeras, de no dormir! Desde hace tres años, desde que ocurrió lo de la pobre Ethel, no has parado. Eso no puede ser. Rompiste tus relaciones con Isabella, y has hecho una vida de monje, de anacoreta, completamente entregado al trabajo y a la obsesión de desenmascarar a todas las sectas demoníacas del Universo: es demasiado para un hombre solo, Mick. Ya perdí una hermana: no quiero perder a un hermano ¡mi único hermano! ¡Tienes que relajarte y descansar alguna vez!

Michael la miró, entre fastidiado y divertido:

– ¿Y qué sugiere mi hermana mayor que haga?

– ¡Salir como un ser normal, divertirte! ¿Por qué no sales con Salima? ¡Llévala al cine, a bailar, a merendar en un parque, sentados bajo un árbol, o remando en un estanque! ¡Esa es otra, que cada día parece más mustia! ¡Y no es extraño! No podemos retenerla aquí indefinidamente: se aburre como una ostra. Tiene dieciocho años, y pasa los días encerrada en un apartamento o viendo hacer gimnasia a un montón de niñas que le importan un rábano.

Michael meditó un instante y al fin, lanzó una carcajada

que puso un punto de luz en sus pupilas grises: tenía una risa muy atractiva; se le marcaba un hoyuelo bajo un pómulo, y dejaba al descubierto una dentadura hermosa y sana.

– ¿Sabes? ¡Creo que ya es hora de probar si Salima resiste la prueba del fuego: pasearse por ahí y que nadie la reconozca!

– ¡No creo que conociera a mucha gente! Pero si por casualidad la vieran unos de sus primos, o una de las esposas de estos, te aseguro que no la reconocerían: ni su misma tía abuela, tampoco.

Salima aceptó encantada la invitación de Michael ¡jamás la habían invitado a nada! Siempre salió en compañía de Ashma, o sola, a la Biblioteca Pública. Se esmeró en arreglarse y maquillarse, con el corazón latiéndole más de prisa. Eligió un vestido de paño ligero, parecido al terciopelo, de escote en pico, manga tres cuartos y talle ajustado a su fina cintura, que resaltaba la erguida delicadeza del busto; era blanco, con un drapeado en la cadera y falda "evasé", que sin llegar a ser una mini, resultaba lo más corto que se había puesto jamás. Zapatos blancos de tacón, con bolso a juego, y un fino chaquetón negro de entretiempo: Washington por la noche, a primeros de mayo, podía reservar sorpresas. Sus piernas alargadas y de esbeltos tobillos, lucían llamativas, embutidas en el brillo de las medias de nylon. Se maquilló como habitualmente tomara la costumbre, delineando sus labios con un pincel, esta vez de un tono rosa fuerte. Sus cortos cabellos aparentemente " revueltos", le daban un aire picaresco. No tenía joyas ni le llamaban demasiado la atención, pero adornó las orejas con unos delicados aros blancos, de fantasía. No tenía perforados los lóbulos. El aspecto general era elegante y encantador, de forma que cuando Michael entró con ella en el bonito restaurante de cocina española, sintió ese orgullo vacuo que sienten los hombres cuando llevan del brazo a una mujer hermosa. Más de un rostro se volvió hacia la chica, con admiración. Él iba correctamente vestido con un traje azul marino, camisa blanca y corbata de seda a franjas, en varios tonos de azul.

– ¡Estás preciosa, Salima!– Le dijo al sentarse. Y su mirada la recorrió, a la luz del amplio comedor– adornado con motivos taurinos y de arte flamenco– como si estuviera descubriendo en ese momento que era realmente encantadora. Salima ocultó su rubor parapetándose tras la carta:

– ¿Qué se puede comer aquí? – Preguntó–

– La comida española es muy sabrosa, te gustará...si te gusta el pescado, te recomiendo el bacalao "a la vizcaína" y si prefieres otra cosa, puedes pedir "paella" – es arroz, con pollo y algunos mariscos– o la tortilla española, que resulta un plato sencillo y exquisito.

Michael eligió en la carta de vinos un rosado de Cigales, para acompañar la tabla de quesos y embutidos que les pusieron como entrantes, y un tinto de crianza, Ribera del Duero, para el cordero asado en horno de leña, al estilo castellano, que habían pedido los dos. Se los sirvieron acompañados de una guarnición de patatas y pimientos fritos. Salima nunca había comido con vino, pero esta vez, en que estaba viviendo lo que le parecía un sueño, probó de todo, menos el jamón serrano que, servido en finas lonchas, estaba junto a la tabla de quesos manchegos, navarros y gallegos. Michael se fijó en que no probaba ningún producto del cerdo, pero le alegró que se decidiera a tomar una copa de cada vino elegido:

– "El mal no está en lo que entra por nuestra boca – citó– sino en lo que sale de ella"

– ¿Qué significa eso?

– Que nada que entre por nuestras bocas, para paliar nuestra hambre – siempre que no sean cosas "contra natura", como la carne humana– va a mancillar nuestras almas: en cambio, sí la mancillan las cosas que pueden salir de nuestras bocas: falsos juramentos, mentiras, insultos a nuestro prójimo, calumnias... –

El hombre sonrió, y su rostro pareció animado por una luz diferente, como si se iluminase desde su interior. Salima parpadeó, sintiendo el encanto varonil de aquel hombre de ademanes seguros y voz agradable y abaritonada:

– Es muy bonito.– Respondió, azorada.

Después de comer fueron a pasear por Rock Creek Park, despacio, recreándose en la belleza paisajística de aquel lugar de ensueño, lleno de rocas y fuentes. Hablaron de mil cosas intrascendentes, contándose mutuamente recuerdos de sus vidas: sus viajes, sus emociones, sus lecturas... Michael observó – no sin cierta sorpresa– que ella poseía una amplia cultura, y mucho más occidentalizada de lo que había creído.

Entraron después en el cine Avalon, y sus cómodas butacas les sirvieron para descansar relajadamente. Vieron la película "En el estanque dorado" y en algún momento Salima se emocionó profundamente; ella admiraba a Katherine Hepburn y a Henry Fonda y sabía apreciar como nadie las formidables interpretaciones de los dos actores, ya ancianos. Las lágrimas se le saltaron de los ojos en algún momento, y Michael le dio un pañuelo. En la oscuridad, observó un momento el gracioso perfil de su acompañante y quedó cautivado de la armonía de sus facciones: el fino cuello largo y torneado, la alta frente lisa, en forma de corazón...Se fijó en que sus pestañas rozaban la fina piel. Sin poder evitarlo, cogió entre las suyas una mano de Salima: la grácil mano morena descansó cálidamente entre la suya, sin que hiciera ademán de retirarla.

Fueron a cenar a un restaurante francés: una cena ligera, compuesta de tortillas de guisantes, champiñones salteados y espárragos, acompañados de un añejo vino provenzal; con el postre (mousse de chocolate) tomaron champagne Veuve Clicquot. Salima sentía un delicioso estado de exaltación sentimental, que le hubiera gustado prolongar para toda la vida...Por eso, aunque no sabía bailar, no rehusó cuando él se lo propuso: Michael no deseaba que llegase el momento de poner fin a aquella noche mágica. Fueron a un local de Broad Street, de pista pequeña e iluminada de forma indirecta, con una tenue luz verde; la música bailable no era estridente – a través de discos– sino preferentemente, jazz y blues, sólo instrumental. Los asientos estaban forrados en pana roja, y los camareros andaban como sombras, discretamente. Aquel día, sólo había tres parejas más, bastante mayores que ellos.

— No quiero pedir nada que tenga alcohol — dijo Salima— ¡ya he bebido demasiado!

— Pediremos refrescos de frutas.

En la pista, Michael enlazó por el talle a la muchacha y la arrimó a su cuerpo, delicadamente: Salima apoyó su cabeza en el hombro varonil— sin ser muy baja, era bastante más pequeña que él— y se dejó llevar...Sólo una vez levantó la cabeza para preguntar:

— ¿Es este el hombro que te atravesó el tiro, en Guyana?

— Sí.

Disimuladamente, Salima besó el hombro de Michael, antes de volver a apoyar en él su mejilla. Pero el movimiento no pasó desapercibido para él, que la estrechó con más ternura contra sí.

Cuando tomaron asiento, se miraron largamente a los ojos. Fue muy fácil para Michael atraer a la joven hacía su pecho para besarla con ardor, en los labios. Salima correspondió a sus besos, sin poder evitar temblar como una hoja. Los brazos de Michael cercaban su cuerpo, mientras sus labios recorrían su rostro, pronunciando su nombre:

— ¡Salima!

Se miraban de cerca como si acabaran de conocerse, como si quisieran llenar sus pupilas cada uno con la imagen del otro y grabarla para siempre en su interior. Y volvían a cerrar los ojos para besarse en los labios ardorosa, prolongadamente. Michael sabía besar: no eran besos fieros, que hacen daño, que parecen bocados de bestias, sino besos destinados a proporcionar y a recibir placer: hondos, donde se mezclaban a partes iguales la pasión y la ternura. Aunque Salima jamás había besado a nadie, aprendió en un instante, de aquellos besos sabios. Poco a poco, fue dejando de temblar, y la entrega confiada de su cuerpo cálido encendía aún más el ansia amorosa del hombre.

De pronto, Michael la retiró suavemente y buscó de nuevo sus ojos:

— Salima, ¡te quiero! No sé lo que me ha pasado, pero soy

tuyo y quiero que seas mía. Por eso, voy a llevarte a casa ahora mismo. Tengo que cuidarte y respetarte; sería un canalla si no lo hiciera.

– ¿Por qué quieres llevarme a casa – preguntó ella, mimosa– si no es tarde todavía?

El hombre sonrió:

– Porque si no te llevara, lo lamentaría siempre… Más que nunca, es preciso que nuestra conducta – mi conducta, puesto que soy mayor que tú– sea intachable. Voy a pagar la cuenta.

La muchacha se acurrucó sobre su pecho, colocando la frente en la oquedad de su cuello:

– Espera un poco solo, Michael ¡se está tan bien aquí!

El hombre se echó a reír:

– Debo cuidar de ti…no me lo hagas más difícil.

Se separó de ella con delicadeza y fue a pagar la cuenta.

Cuando regresaba, vio salir a un hombre moreno, del fondo de la sala. A la escasa luz, no le había visto hasta entonces, y le pareció que su mirada – una mirada rápida– era demasiado furtiva. El hombre, que tenía aspecto de árabe, abandonó el local a grandes zancadas. Era extraño que estuviera allí, sin pareja.

– ¿Es posible que estén siguiéndome? – Se preguntó, con la cabeza vuelta hacia el lugar por donde había desaparecido el misterioso individuo.

– ¡Vamos, Salima! Cogeremos un taxi y le diremos que nos de unas bonitas y rápidas vueltas por la ciudad, antes de dejarte en casa de Olivia.

Ashma tenía el ceño fruncido. Apoyada con fuerza en el bastón, fue hacia la parte de casa destinada a vivienda de su hijo Ibrahím y de su familia, y entró sin llamar. El matrimonio estaba, con los dos hijos, en el salón, mirando las noticias en la televisión. Todos se sorprendieron al ver entrar a la anciana, rigurosamente vestida de negro, con un cuello de "crochet" blanco como único adorno.

– Ibrahím: ven conmigo a tu despacho, tenemos que hablar.

Como siempre, Ashma ignoró a su nuera, Farah, quien la miraba con curiosidad, y la boca un poco entreabierta. Ibrahím se puso de pie nerviosamente, de un salto. Con la mano derecha se atusó el negro bigote:

– ¡Madre! ¡Qué sorpresa verte aquí! ¡Claro, claro...claro que voy contigo!

Ambos entraron en el despacho del hombre y Ashma se acomodó en una silla, frente a la mesa, dejando a su hijo que ocupara su asiento habitual.

– ¿Tú me dirás, madre...?– Había cierta inquietud en su tono.

– Salima me ha llamado por teléfono. Dice que debo exigirte que te vayas, que dejes todos tus negocios en manos de tus hermanos y que te largues, por un tiempo, lo más lejos posible. ¡Exijo saber qué es lo que está pasando, Ibrahím: exijo que me digas en qué tipo de asunto turbio se te ha ocurrido meterte, que ha hecho huir a Salima, y que pone en peligro a toda la familia! ¡Quiero saber la verdad, Ibrahím! ¡Lo exijo!

A medida que su madre iba hablando, el moreno rostro de Ibrahím se iba poniendo color teja:

– ¡Maldita basura...!– Exclamó– ¡Debí de retorcerle el pescuezo! ¡No hay nada, madre, nada irregular en mi conducta! Esa...esa pequeña víbora miente. Quería huir de sus obligaciones como mujer; quería rehusar ser la esposa del hombre que le elegí para marido, y se inventa subterfugios...Verás, madre...– Ibrahím hizo un desesperado esfuerzo por tranquilizar a la matriarca– ¡Ha sido ella la que ha puesto en peligro a la familia! Cuando la policía la interrogó, por su estúpida presencia frente al hotel donde le dispararon a Ronald Reagan, no se le ocurrió otra cosa que decir ¡que yo y todos mis hermanos, éramos islámicos radicales, que estábamos todo el día hablando mal de América! No te quise decir nada entonces, por no mortificarte, pero ¡no sabes el cúmulo de molestias que esas vengativas palabras nos han proporcionado! Hemos sido llamados a declarar varias veces ¡no henos querido ni mencionártelo! ¡Y he tenido que molestar a varios amigos influyentes, senadores y magnates de Wall Street, para que nos avalaran con su testimonio! ¡Algo bochornoso! ¿Y sabes por qué lo hizo, madre? ¡Para liberarse del compromiso que le habíamos propuesto, de ser la esposa del millonario tunecino Elmejel! ¡Esa fue su traidora conducta!

Ashma permaneció callada unos minutos, mientras Ibrahím observaba su rostro con ansiedad. Por fin, la mujer habló, con voz irónica:

— Para ser un hombre metido en negocios turbios, tienes mala memoria, Ibrahím: lo del matrimonio de Salima con Elmejel, se acordó DESPUÉS, NO ANTES, de que Ronald Reagan fuera tiroteado. ¿Por qué mientes?

Ibrahím quedó desconcertado: no creía que su madre hilara tan fino, y al ver su burda mentira al descubierto, no supo qué decir. Ashma se puso de pie, disponiéndose a abandonar la habitación:

— Te he dicho que quería la verdad y espero que me la digas, antes de veinticuatro horas. Y que vuelva Salima.

Aún después de un cuarto de hora de haber abandonado Ashma el despacho y la casa de su hijo mayor, este permaneció sentado frente a la mesa, abismado en pensamientos nada agradables. Se secó el sudor de la cara con un blanco pañuelo:

— ¿Qué es lo que sabrá esa maldita, realmente? ¿Y qué estará dispuesta a contarle a mi madre?

No podía olvidar que la chica tenía la agenda…

Un viejo encono contra la madre dominante y — a su juicio— castradora, que lo mantenía en un puño, se elevó en su pecho como una marea negra:

— Si ella no estuviera…— Pensó casi en voz alta— Yo podría hacer grandes cosas. ¡Pero siempre he de proceder con miedo! ¡No puedo emplear a fondo mi talento, demostrar de lo que soy capaz! Siempre me echa en cara que no he trabajado nunca a fondo, que todo lo he recibido hecho…!Pero yo soy capaz de multiplicar por cien nuestra fortuna! ¡De hecho, la he duplicado! Pero siempre tengo que rendir cuentas, como un niño ¡estoy harto!... !Y ahora, por culpa de esa pequeña basura...!–

Un timbrazo interrumpió su soliloquio. Fue a abrir la puerta principal.

No se sorprendió al ver el rostro radiante de Tarek Shardif: últimamente, se habían visto con frecuencia. El hombre tenía un singular encanto, a pesar de que a veces resultaba cortante, sabía ser amistoso y cautivador. En aquel momento, su presencia fue un alivio para Ibrahím, que deseaba tener a alguien a quien poder hacer partícipe de sus preocupaciones y frustraciones. No podía fiarse de su familia más cercana: sus hijos no eran más que unos chavales, y – aunque muy inteligentes– no le habrían entendido. No sentían sentimientos antiamericanos ni comprendían demasiado el radicalismo creciente de su padre y de sus tíos: ellos eran buenos musulmanes, educados en un colegio donde había personas de todas las razas y de todas las religiones, por lo cual estaban aprendiendo a ser tolerantes y a creer en que sí era posible la amistad multirracial y multicultural, existiendo respeto. Estaban más interesados por los deportes que por la política. Y en cuanto a Farah, la mujer obedecía todas sus disposiciones de buen grado – incluso había aceptado ponerse el hiyab para salir a la calle– pero se habría horrorizado de cualquier cosa que pusiera en peligro su "status" social.

El momento psicológico para las confidencias, estaba a favor de Tarek Shardif.

– No tiene buena cara, Ibrahím...Y sin embargo, no hay motivo para la preocupación: su encomienda en Ankara y en Sofía fue viento en popa; nuestros más importantes socios, la masonería internacional, vuelven a confiar en usted. Usted les ha demostrado que es un hombre válido para todo, de confianza y con recursos.

El rostro de Ibrahím pareció despejarse, ante el halago:

– ¡Y sin embargo– dijo– soy un prisionero en mi propia casa! ¡Sé que podría hacer grandes cosas! ¡Inteligencia y recursos, como usted dice, no me faltan! ¡Lo he demostrado!

Pero para mi madre, sigo siendo un niño.

— Usted puede, si quiere, soltar esas amarras ¡es un hombre, demuéstrelo!

— Ella tiene los cordones de la bolsa. Y los tiene bien cogidos. Yo soy millonario, pero la fortuna de mi madre es inmensa.

Los celestes ojos de Tarek refulgieron como aguasmarinas:

— Su madre es una anciana... !No puedo creer que le pueda dominar a un hombre como usted, ni aun teniendo los cordones de la bolsa!

Como un torrente, brotaron las confidencias del pecho de Ibrahím: el magnético don de subyugación que tan bien sabía ejercer su interlocutor, iba sacando las palabras de su boca como el que saca agua de un pozo. Se sintió muy aliviado cuando lo hubo contado todo.

— Así que...está usted en manos de esa mosquita muerta que se ha fugado de la casa, y también de su propia madre, que — según sus palabras— es una tirana doméstica.

Tarek hablaba casi susurrando:

— De la chica puedo encargarme yo. — Continuó— Recuperaré la libreta y la ...obligaré a guardar silencio. Pero de su madre debe ocuparse usted. ¡Es un hombre, Ibrahím! Es hora de que recupere el control de su propia vida. Su madre...ha vivido demasiado: una larga y fecunda vida.

— ¿Qué quiere decir?

— Que sería muy ventajoso para usted recibir ya su libertad...y la herencia: puede ser usted un hombre muy poderoso, Ibrahím: un hombre notable. El dinero...abre muchas puertas; proporciona poder. ¿Se imagina hasta dónde podría llegar con nuestra ayuda, la ayuda de nuestros socios, y todo ese dinero...?

— Pero mi madre tiene una salud de hierro. Puede vivir hasta los cien años, como su abuela.

— Hay accidentes...

Los dos hombres se miraron un rato a los ojos, sin pestañear. La mirada azul parecía ir poniendo ideas en la mente del otro, y frases en su boca...

– ¿Qué tipo de accidentes?

– Las viejas damas no son prudentes con la electricidad…Usar aparatos eléctricos en el baño – como radios, o secadores de pelo– puede traer funestas consecuencias.

– Nuestras instalaciones son modernas, existe el diferencial; si un aparato eléctrico cayera a la bañera, se iría la luz, simplemente.– Dijo Ibrahím con voz opaca.

– ¡Ah! – Tarek sonrió, con aquel encanto que le hacía parecer un rutilante astro de la pantalla– ¡Veo que ha pensado en ello!

– ¡Sí, más de una vez! ¡Ella se lo ha buscado, con su autoritarismo!

– Le creo. Siempre puede suceder algo…La casa no tiene escaleras, pero un atropello en la calle, un coche que se da a la fuga…

– Es peligroso; además, mi madre no sale nunca sola, y siempre va del brazo de alguien; antes era Salima.

– Siempre hay alguna forma…Un envenenamiento por un producto alimenticio en mal estado…Tres personan comen de lo mismo, dos enferman pero sanan, y la tercera, fallece.

– …Y la tercera, fallece.– Repitió Ibrahím, como un eco.

Olivia no veía con malos ojos que su hermano y Salima se gustaran: la chica le agradaba y creía que – aunque había cierta diferencia de edad– podría ser una buena esposa para él. Sabía que Michael no era hombre de pasatiempos.

Los jóvenes volvieron a salir, pero no acudieron a los mismos sitios que anteriormente. Michael gustaba de contarle cosas de su vida, ya no tenía ninguna desconfianza; estaba seguro de que el amor de Salima era sincero. Paseaban cogidos de la mano, como todos los enamorados del mundo, y a veces se detenían para mirarse a los ojos y besarse…Salima no quería pensar en nada que no fuese aquel amor que la colmaba enteramente, y Michael se sentía, después de mucho tiempo, feliz, y con ilusiones nuevas.

La chica lucía aquel día un alegre vestido de falda

ligeramente acampanada, en amarillo con pequeños lunares negros; bolso y zapatos negros, de tacón. El amarillo resaltaba su morenez de seda.

– Michael: ¿Por qué te veo tan poco? ¿Qué clase de agente eres? ¿Eres como James Bond?

El hombre dejó ver sus blancos dientes en una sonrisa muy atractiva; un hoyuelo se marcó bajo uno de sus pómulos:

– Antes era policía, como mi padre: un agente de la Policía Federal. Me gustaba la investigación, desde pequeño. Cuando terminé los estudios superiores ingresé en el Cuerpo. Luego, me hice agente de la CIA, un agente "liberado", para que te sea más fácil de entender... Oficialmente soy un burócrata que rellena papeles y más papeles en una oficina del Estado.

– ¿Y siempre que puedes investigar un asunto feo, puedes dedicarte a ello?

– Sí, aunque no puede decirse que actúe por libre. Doy cuenta de todos mis movimientos.

– ¡Quisiera que hicieras cosas menos peligrosas! –Suspiró la muchacha.

Michael la miró y vio en sus ojos un amor tan puro y sin disimulos, que se sintió conmovido:

– Eso pienso hacer...en un futuro no muy lejano. Volveré a ser un policía federal en cualquier punto de Washington. Pero ahora, debo llevar esto hasta el final. Quiero atrapar a Tarek Shardif, para que deje de hacer daño.

– Lo sé. Te entiendo, yo también quiero que lo atrapes ¡es un malvado!

La actitud comprensiva de Salima le impelió a narrarle los sucesos ocurridos en Teherán, y también sus dos entrevistas con el exorcista al que acudiera en la Ciudad del Vaticano, cuando tuvo que enfrentarse con poderes satánicos. La primera vez, fue cuando intentaba arrancar a Ethel de las garras de la secta del Templo del Pueblo, y de su influyente y peligroso novio, de hermoso semblante...

– Aquel sacerdote me explicó claramente la clase de poder con que me enfrentaba. Y me dio unas normas para salir adelante, sin temor, en nombre de Cristo. O en nombre de

Dios, que es igual.

– Yo creo – dijo Salima– que tu Dios y mi Dios son el mismo.

– Lo son. Alá para los musulmanes, Yahvé para los judíos, Dios... Y Cristo es una de las personas que hay en Dios; su parte humana, pues – por amor– quiso nacer y morir como hombre.

La muchacha frunció el entrecejo, afanada por comprender...

– Lo sé. He leído a Dickens, y a Chesterton...He leído cosas que nunca me hubieran dejado leer. Por eso, nunca podría ser una fanática. Mis padres eran suníes y yo fui educada como suní, hasta los ocho años. Pero mi tía abuela y sus hijos son chiítas y yo tuve que adaptarme a ellos; era aún pequeña, pero siempre he considerado que mi madre – la recuerdo muy bien– era muy abierta, muy evolucionada, y creo que se debía a su condición de suní. Ahora los chiítas están oprimiendo en Irán a los suníes, y eso puede suceder en muchos otros sitios... No me gusta. No me gusta la radicalización ni el fanatismo.

– Nunca te pediré que te hagas cristiana.– Michael la miró, con amor.– ¡Pero sí quiero que conozcas mejor mi religión católica!

– ¡Háblame de lo que te dijo el exorcista!

– En primer lugar, me avisó de que el poder de Lucifer es muy grande, hasta el propio Cristo le llamó "Príncipe de este mundo"; pero el poder de Dios es infinitamente mayor. Me habló de que hay un plan: un plan que ya está desarrollándose, para erradicar a Cristo del mundo. Ello ha surgido de la unión de varios poderes, que desean el dominio de la Tierra. Podría parecer una unión contra natura, pero como les guía un mismo interés, pasan por encima de sus diferencias, para alcanzar sus objetivos.

– ¿Quiénes son, cuáles son esos poderes unidos?

– La masonería, el comunismo...y ahora, el integrismo islámico. El objetivo es uno: acabar con el Cristianismo, y muy especialmente con la Iglesia Católica, que es su más fuerte bastión. Aliados de ellos son muchos grupos: el llamado Poder Gay, que desea cambiar la moral del mundo (aunque la mayoría de los gays no tengan ni idea de esto). Un grupo de adinerados banqueros y financieros, absolutamente ateos y cuyo único dios es el becerro de oro: "Señores del Dinero", que desean se imponga el liberalismo salvaje, aunque medio mundo perezca de hambre...Algunos grupos socialistas también, que siempre han ido unidos al comunismo y son laicistas muy beligerantes. Grupos de feministas extremadamente radicales, que abanderan una contra– natura ideología "de género", que desean imponer....estos son los adláteres, los cómplices: podríamos decir que "los figurantes", pero los poderes que maniobran en la sombra para dominar el mundo son los tres mencionados: la masonería, el comunismo, y ahora el integrismo islámico. Las sectas demoníacas son parte también, muy importante, de los instrumentos de los cuales ellos se valen.

– ¿Por qué ahora...? Quiero decir ¿por qué crees que se están empleando a fondo ahora, y no en los años cincuenta, o sesenta, por ejemplo?

– Siempre han estado ahí, agazapados para ir contra la Cruz...Pero en el mundo han surgido dos fenómenos que les inquietan mucho, porque están atrayendo con fuerza a la juventud, y ellos – los poderes que te he dicho– desean por encima de todo, manipular a la juventud. Y la juventud se les está escapando de entre los dedos, porque han surgido esos dos fenómenos: Juan Pablo II y Teresa de Calcuta. La juventud se está aglutinando – por primera vez, en siglos– en torno a la figura carismática de este gran Papa...y está ganando adeptos también, entre los jóvenes, la figura de la venerada Teresa de Calcuta, que pone a los ojos del mundo la verdad de la caridad cristiana, como un imán. Por eso quieren darse prisa, pues esos dos fenómenos humanos y sociales son barreras infranqueables para ellos. Ellos, los poderes de que te hablo, utilizan el satanismo, la droga y la adicción al sexo, a la pornografía, como verdaderos anzuelos para los jóvenes: ¡son cosas que mueven mucho dinero!

– ¿Cómo sabía el sacerdote exorcista todo eso que se trama, a corto plazo?

– Es un hombre muy sabio...pero además, lo supo por boca de uno de los demonios de Lucifer, uno de sus ángeles caídos.

Salima se estremeció como si tuviera frío y Michael, que tenía un brazo pasado por encima de su hombro, lo notó y la apretó delicadamente contra sí. Estaban paseando por el Jardín Botánico, lentamente; la belleza del entorno, en plena primavera, era exuberante.

– ¿Cómo es eso? ¡Cuéntamelo!

– Tuvo que realizar varios exorcismos a una mujer, que imprudentemente había estado invocando al espíritu de su difunto esposo, con una güija. Un demonio se introdujo en ella y la mujer empezó a padecer horribles cólicos, jaquecas, sonambulismo y otros males, para los cuales los médicos no hallaban cura alguna. Un día la mujer empezó a proferir insultos con una voz estentórea, de varón, y sus hijos, asustados, acudieron al exorcista. A mi amigo. Le costó mucho expulsar a aquel demonio: decía llamarse "Orgía" y se burlaba de todo, escupía, y hacía arrojar por la boca a la mujer toda clase de animales inmundos, como gusanos y cucarachas...el espectáculo era aterrador.

– ¡Qué horror!

– Sí. Antes de conseguir expulsarlo del todo, aquel demonio vaticinó "la hora de Lucifer", que se iniciaría en breve, en el mismísimo corazón de la cristiana Europa, empezando con una feroz campaña contra la cruz. Le habló de un cambio de moral, hacia una permisividad contra–natura, que vendría de la mano de gobernantes masones, con el apoyo de comunistas y, muchas veces, socialistas, lamentablemente: se impondría el laicismo beligerante, y algunos partidos políticos instaurarían el aborto libre y gratuito, hasta para las adolescentes ¡y hasta en los países más católicos! También van por la total liberación de la manipulación de los embriones humanos; el suicidio asistido, el reconocimiento de un tercer sexo, para que los transexuales sean considerados en igualdad que los dos géneros que componen, de siempre, la Humanidad, y otras aberraciones semejantes: se pediría también el sexo libre con niños y con animales.

El aborto libre – continuó– ¡el aniquilamiento de la vida humana en cualquier etapa del embarazo! solicitado por las propias madres, era considerado por aquel ser del inframundo, como la mayor de las victorias a conseguir. También habló de fuertes conmociones que sacudirían a la Iglesia Católica, por dejarse llevar sus pastores – en diversas ocasiones– de tentaciones puestas por Satanás, para perderles. Tentaciones de sexo en diferentes formas, muy viles.

– ¡Pero todo eso es monstruoso!– Dijo la muchacha, conteniendo el aliento.

– ¡Es lo que está a la vuelta de la esquina! Por eso quieren darse prisa: figuras como la Madre Teresa de Calcuta y, sobre todo, Juan Pablo II, son paredes de contención muy fuertes, contra tales horrores. Pero, no tengas miedo… ¿Recuerdas las palabras del Papa cuando fue elegido? ¿O tú no estuviste al tanto de eso?

– Sí, recuerdo bien que Ashma y yo estuvimos viendo la televisión: fue un acontecimiento mundial; siempre lo es, un Cónclave de la Iglesia Romana, pero la personalidad de este Papa, polaco, llamó la atención del mundo, incluso de los no cristianos. Pero no recuerdo a qué palabras te refieres…

– A las que te acabo de decir…Que no tengas miedo. Él sabe que el mundo tiene miedo…Miedo del porvenir, y de los poderes en la sombra. Y nos exhortó a no temer a nada ni a nadie, porque Cristo está con nosotros, y Él es la luz de mundo. Sólo hay que ser honestos, misericordiosos, leales. ¡Ser buena gente!

Michael terminó su larga perorata con una sonrisa; atrajo con su mano la cara de Salima hacia la suya, y la besó:

– ¡Como nosotros! ¡Nosotros somos buena gente, Salima! Dime: ¿quieres casarte conmigo?

La muchacha alzó hacia él sus almendrados ojos negros:

había un infinito amor retratado en ellos:
– ¡Sí! Ahora mismo, si quieres.

Salima estaba sola en el apartamento. Tenía completamente olvidada la agenda de tapas negras y no deseaba pensar en nada que no fuera su relación con "Klaatu" y su futuro junto a él...Se tranquilizaba también respecto a Ashma, pensando que ella, una vez avisada, sabría poner firme a Ibrahím: siempre había sabido dominar a sus hijos: Ashma era una mujer inteligente y sabría lo que convenía hacer. No había, pues, más sombra en el horizonte que el trabajo de Michael, su queridísimo "Klaatu": ¡Que lograse hacer poner preso a Tarek Shardif, cuanto antes...! ¡Y luego, podrían celebrar su boda y ser felices!

David Mansfield era el único de los amigos y compañeros de Michael Bradford que conocía su relación con Salima Barak. Los tres teléfonos de la familia de Ashma estaban "pinchados" desde que Salima salió de aquella casa y Michael supo que esta era frecuentada por Tarek Shardif.

David le había advertido a su amigo, recientemente:
– Si tienes decidido casarte con ella...dudo que puedas seguir en esta Agencia. Son muy estrictos respecto a los antecedentes de las esposas de los agentes.
– Lo sé. Pero Salima no tiene la culpa de que su primo sea un fanático. Ella no lo es. Si me ponen trabas – que lo harán– lo dejaré, y volveré a reintegrarme en el cuerpo de policía; se gana menos, pero se está más tranquilo. Quiero culminar este trabajo; descubrir a los traidores...Después, seré un oficial más en cualquier comisaría de Washington D.C.

Ahora, el rubio rostro de querubín del agente Mansfield estaba contraído por la preocupación. Sus ojos claros de angelote miraban a su amigo:
– ¿Es tu chica? – Preguntó.
La grabación llegaba a su término; Michael la había escuchado entera:
– "...Insiste en que se vaya de vacaciones un año, a las Bahamas, que le gustan tanto, o a Hawái...!Pero que lo deje

todo y se vaya, ya!

– ¡Eso es una locura! (La voz de la anciana) Debes volver a casa inmediatamente ¿me oyes? y..."

El "clic" del teléfono al ser colgado, cortaba la conversación.

– ¿Es tu chica?– Volvió a preguntar David.

– Sí, es ella...

– ¿No te dijo que había llamado a la vieja?

– No. ¡Sabía que yo no quería que lo hiciera! Pero sé que tiene reparos de conciencia, por la forma en que abandonó la casa.

– Por lo que dice, está segura, muy segura, de que su primo está metido hasta el cuello en algo feo.

– Esa posibilidad la hemos comentado los dos. Es lógico que Salima quiera preservar a la familia de todo mal. Lo que me preocupa es la llamada en sí...

– La hizo desde la casa de tu hermana.

– Esa es la cuestión. Es muy fácil pinchar un teléfono; nosotros lo hemos hecho: otros pueden hacerlo también.

Michael se incorporó, despidiéndose de su amigo con un ademán:

– Salima puede correr peligro.– Dijo.

David asintió con la cabeza.

Salima sintió el timbre de la puerta: en aquel momento, estaba escuchando un "blue" en el tocadiscos de Olivia: había logrado localizar uno de los que bailaron ella y Michael, aquella noche...y danzaba por la tarima de la salita, con un plumero en la mano, quitando a la vez alguna mota de polvo de los muebles: se hallaba en el séptimo cielo, bajo el influjo de las románticas notas de aquella melodía. No le extrañó el timbrazo, pues era la hora que solía venir el cartero. Corrió a la puerta principal para levantar el telefonillo, pero entonces se dio cuenta de que llamaban arriba, pues dieron dos golpecitos sobre la madera. Si hubiera estado en estado normal, no habría abierto, pero en el estado de éxtasis romántico en que se encontraba, olvidó toda precaución.

Cuando entreabrió la puerta y vio el rostro moreno y perfecto, de electrizantes pupilas celestes, el pánico y la sorpresa casi la hacen perder el conocimiento: quiso cerrar de golpe, pero el hombre introdujo el pie en el vano de la puerta y empujó un poco la misma:

— ¡Espera, Salima! — Dijo Tarek con voz aterciopelada— ¡Tenemos que hablar!

La muchacha, al borde de un ataque de nervios, miró aquel rostro de helados ojos y facciones de dios griego, con una mirada desenfocada; apenas pudo articular las palabras:

— ¡Váyase! ¡Váyase de aquí!

— Tienes que venir conmigo, Salima...— La voz, persuasiva, se hizo como un ronroneo— Ahora...Si no lo haces, Ibrahím matará a Ashma; nada ni nadie podrá salvarla. A menos que tú regreses, con la agenda que te robaste, y te sometas a la voluntad de Ibrahím, Ashma morirá ¿lo entiendes?

La joven sintió que el terror la paralizaba por completo. No sabía qué hacer ni qué decir. Desesperada, y con la mente absolutamente en blanco por efecto del pánico, dijo la primera frase que le vino a la cabeza: una que acababa de leer, la noche anterior, en una pequeña Biblia de Olivia, donde venían también los cuatro Evangelios:

— "¡Vade retro, Satanás!"

El hombre pareció muy sorprendido; levantó la vista y quedó como trasfigurado: algo que había en lo alto, detrás de Salima, atrajo su atención como un imán y su rostro experimentó un cambio terrible: palideció hasta los labios y sus ojos agrandados reflejaron algo parecido al miedo; los labios perfectos perdieron su gracia al curvarse hacia abajo sus comisuras: actuando involuntariamente, dio un paso atrás. Salima, estupefacta, giró la cabeza para ver qué es lo que estaba mirando, que de tal forma le impactaba, y vio la imagen de San Miguel Arcángel: su espada metálica en lo alto, parecía resplandecer. Aprovechando que el hombre había retirado el pie que tenía entre el marco y la puerta, la muchacha se volvió y cerró de golpe, echando la cadena. Se apoyó en la madera, sollozando, y se dejó resbalar hasta caer al suelo, temblando como si tuviera fiebre, y estremecida por el llanto. No habían pasado ni cinco minutos cuando sintió que estaban manipulando desde fuera en la cerradura: notó que el vello se le ponía de punta y empezó a gritar, fuera de sí:

— !!Váyase, váyase!!

— ¡Salima, soy yo, retira la cadena, no puedo abrir!

La inconfundible voz de Michael la hizo dar un respingo: se puso en pie de un salto y retiró la cadena. Cuando Michael abrió la puerta, ella le cayó en los brazos, gritando llena de terror:

— ¡Ha estado aquí! ¡Ha estado aquí!

Michael tornó a cerrar la puerta y la abarcó con sus brazos, apretándola contra su pecho:

— ¡Ya está, ha pasado! ¡Cálmate! ¡Estoy contigo!

La muchacha temblaba como una hoja:

— ¡Era Tarek! ¡Quería llevarme con él, porque dice que si no regreso, Ibrahím matará a Ashma! ¡Quería llevarme con él!

— ¡Vamos adentro! Bebe un vaso de agua y haz tu maleta: nos vamos. Ya explicaremos lo que pasa a Olivia, desde un teléfono público. !Vamos!

La acompañó a la cocina y Salima bebió un gran vaso de agua.

— Ve a recoger tus cosas.

La muchacha entró atropelladamente en su cuarto y empezó a hacer la maleta, de forma desordenada. La cerró como pudo y volvió a salir; Michael la esperaba de pie, pasándose la uña del pulgar desde la mandíbula al mentón, meditativo.

— ¡Buena chica! — Exclamó al verla avanzar con la maleta de ruedas. Salían ya de la casa cuando ella recordó la pequeña agenda, escondida debajo del colchón:

— ¡Espera! — Exclamó, y se dio la vuelta, regresando al cabo de unos minutos, cerrando el bolso que llevaba de bandolera.

— ¿No olvidas nada más?

— Ya no.

– He venido en mi coche, está en el aparcamiento.

En el ascensor, Salima echó los brazos al cuello de Michael y apoyó la cabeza sobre su pecho, mientras descendían hasta el "parking": a su mente acudió la imagen victoriosa de San Miguel, y en su corazón nació una plegaria:

– "¡Ángel de Abraham, de Isaac y de Jacob, Ministro del Dios único y verdadero, de musulmanes, judíos y cristianos: protégenos!"

– Déjame la maleta, yo la llevaré.– Dijo Michael mientras avanzaban por el "parking".

De pronto, apareció un coche en la curva que tenían delante: Michael comprendió, con sorprendida alarma, que venía hacia ellos: era un "Dodge" negro que los embistió agresivamente, con fines asesinos. Gritó: "¡Cuidado!" y tuvo el tiempo justo de empujar a Salima hacia un lado: no había sitio donde resguardarse, pues el lugar estaba bastante atestado de coches, pero ambos tuvieron la agilidad suficiente para esquivar la mole rodante, que les pasó rozando. La maleta no tuvo tanta suerte (Michael la soltó, para empujar a Salima) y se escuchó un   "¡crak!" cuando las ruedas pasaron por encima de los palos abatibles del asa.

– ¿Viste al conductor?– Preguntó Salima, con el moreno rostro pálido como la cera. – ¡Era él!

– Sí. – Michael apretó las mandíbulas y en sus maxilares se notaron los músculos en tensión. Cogió la maleta por el asa de tela plastificada y la metió en el maletero.

– Ahora, Salima, quiero que te agaches, hasta que hayamos salido del aparcamiento.

La chica, sentada a su lado, obedeció. El Chevrolet Camaro de color verde oscuro, tenía un motor que podía desarrollar una gran velocidad, pero en aquella ocasión no era cuestión de correr. Michael, con gran serenidad, se llevó la mano a la sobaquera y extrajo una pistola Kel–Tec semi automática, pequeña y gris. Le habían enseñado a ser ambidextro y fue conduciendo, ojo avizor, llevando el volante con la izquierda. Hasta que no se vieron en la calle el hombre no guardó el arma.

– Ya puedes levantarte. Mientras hacías tu maleta telefonee a un amigo: él se cuidará de poner vigilancia a Olivia y de informarla. Dime, Salima: ¿telefoneaste a Ashma?

Los negros ojos se humedecieron al volverse a él, con angustia:

– ¡Sí! ¡Ahora sé que fue una estupidez, he puesto en peligro a Olivia! Por la llamada localizaron la dirección ¿verdad?

– Sí.

– ¡Perdóname, mi amor! ¡He sido una necia! ...Pero quería hablar con Ashma ¡y ahora conocen el domicilio de Olivia!

– No te preocupes por eso...Ella sabe cuidarse, y además: la vigilarán, ya he dado aviso.

Habían llegado a un edificio bastante alto, cerca de la plaza de Mount Vernon. Michael entró en el "parking".

– ¿Quién vive aquí?

– ¡Yo! Lo tengo alquilado con el nombre de un pastor metodista: Reverendo Joshua Parker.

El apartamento era muy pequeño, aunque gozaba de una vista maravillosa de la ciudad, desde un amplio balcón. Estaba situado en el piso doce y sólo contaba de una habitación, no muy grande; salón–comedor, baño, y cocina, bastante pequeña. Se hallaba amueblado con sobria sencillez. Nada más entrar, la muchacha divisó en la pared, frente a la puerta y encima de un recio perchero–paragüero de madera, dos cuadros al óleo – bastante buenos– que representaban al Corazón de Jesús y al Corazón de María. Dentro, no vio ningún otro símbolo religioso hasta que Michael la llevó al dormitorio – el suyo– y dejó la maleta en el suelo.

– Cogeré mis cosas y las llevaré al baño; yo dormiré en el sofá y tú aquí. Ya no me atrevo a separarme de ti ni un instante.

– Yo puedo dormir en el sofá.

Michael sonrió:

– No hagamos como en las películas; no vamos a discutir. Tú dormirás en la cama.

La chica correspondió a su sonrisa. Era la primera vez que

sonreía, después del susto recibido:

— Gracias, "Klaatu".

— ¿Qué has dicho?

La bonita sonrisa de Salima se hizo más amplia; sus dientes blancos formaron una hilera luminosa:

— "Klaatu". Es como te llamo en mi mente desde que te vi por primera vez: un extraterrestre muy atractivo, que sale en una película...

Los brazos del hombre se alargaron hasta sus hombros, para atraerla hacía sí:

— ¡De forma que soy un alienígena! —   Su voz era como una caricia...

Los grandes ojos de Salima miraron de reojo hacia el lecho, con cierta aprensión: nunca había estado a solas con él en una habitación con una cama. Fue entonces cuando vio una pequeña imagen de la Virgen, sobre la mesilla de noche. Una talla, muy hermosa.

— ¿Qué Virgen es la que tienes ahí? — Dijo, alargando el índice para señalar; Michael volvió la cabeza:

— Es la Virgen de Fátima. Apareció así ante unos pastores en Portugal; mañana es su día, trece de Mayo.

Los ojos de Salima se agrandaron y su rostro reflejó alarma, por alguna razón desconocida:

— ¡El trece de Mayo! ¡Oh, Michael, escúchame! Hay algo que debes saber...!Yo no he querido darle importancia, pero debe de tenerla!

Él se dio cuenta de que estaba de nuevo verdaderamente asustada:

— ¿Qué pasa?

— ¡Hay algo que no te he contado! Escúchame bien...—

Y la muchacha narró, algo atropelladamente, toda la historia de la pequeña agenda de tapas negras.

— Hasta que vino ese hombre hoy, no me di cuenta de que tiene que tener una importancia superior a la que yo le he dado. Para mí, lo único importante era lo de Ronald Reagan.

— ¡Déjame verla, Salima!

Ambos se apresuraron a buscar el bolso de la chica, que

había quedado sobre un sillón de la salita.

Los ojos de Michael recorrieron las anotaciones en árabe de la agenda; podía entenderlo, pero no con la misma soltura que Salima. Sus ojos se detuvieron en las tres fechas:

– "13 de Mayo. Roma" – ...Repitió en voz alta. Su rostro tenso reflejaba concentración. Se dirigió al teléfono e hizo una llamada; sus palabras, a base de códigos, no fueron entendibles para la muchacha. Colgó el auricular y se dirigió a ella:

– Ahora me harán una llamada. Me digan lo que me digan, saldremos inmediatamente para Roma: Salima, ten a mano tu pasaporte. Yo iré a preparar un maletín enseguida. Te dejaré una bolsa de mano y metes en ella lo más esencial para un viaje rápido...– El timbre del teléfono le interrumpió:

– Cóndor al habla.– Dijo al descolgar.

– Hay cinco avisos de alta tensión para ese número.– Le informaron.– ¡Imposible detectar el alcance de cada uno! Los más intensos se señalan para los próximos desplazamientos del número. Se trabaja sobre el asunto en coordinación con los especialistas de cada sitio, pero el centro de atención es muy móvil, y reacio a dejarse tapar en exceso; quiere estar en contacto con la corriente. Haga lo que pueda por su parte, Cóndor.

– Está bien, señor. Iré.

Salima había escuchado toda la conversación, pegada al teléfono, pero siguió sin entender.

Mientras preparaba un maletín de viaje, Michael se lo fue explicando:

– Esas palabras de la agenda negra sólo pueden significar otro atentado. ¡Y la fecha es mañana! Pero resulta que la persona del Papa de Roma es una de las más amenazadas de la tierra: hay cinco avisos de alarma terrorista en torno a su persona; los más probables de ser ciertos, los sitúan en los lugares de sus próximos desplazamientos, y trabajan en contacto con las fuerzas de seguridad de cada sitio, pero el Papa es reacio a dejarse cubrir demasiado, no quiere que le aíslen del contacto con el pueblo. Al fin y al cabo, al pastor no le gusta que lo aparten de su rebaño. Me han autorizado a ir también, y ver lo que puedo hacer. Tenemos el tiempo justo, Salima.

— ¡Pero tú que puedes hacer...!

— Muy poco. Tener los ojos muy abiertos ¿no comprendes? El día de la Virgen de Fátima es muy celebrado, muy importante entre los católicos... Habrá muchísima gente. Yo no puedo hacer más que observar. Tengo una intuición, Salima: aquel hombre en Turquía: "Alí". No pude hacerle más que dos fotos y no son buenas, pero algo vi. Es joven, moreno, de ojos bastante hundidos en las cuencas, delgado, tipo árabe, ágil, de cabellos muy cortos, más bien alto de estatura, pero no demasiado...!Habrá miles como él, lo sé! Pero es la única pista que tengo.

— ¡Déjame ver las dos fotos!

El hombre se las enseñó; las llevaba en su cartera.

En el avión, rumbo a Roma, apenas hablaron del asunto, pero miraron varias veces las dos fotografías, que estaban ya también en poder de sus superiores. Pero la intuición de algo muy maligno en torno a todo aquello, sólo la tenía Michael...

TERCERA PARTE

En Junio de 1979, el recién elegido Papa Juan Pablo II, visitaba su tierra de origen, Polonia. Sobreviviente de los dos totalitarismos más feroces de las postrimerías de la Historia – el nazismo y el comunismo– Juan Pablo II prendería en Polonia, junto a Lech Walesa y el sindicato "Solidaridad", la mecha de una contestación masiva que terminaría por hacer saltar en pedazos el férreo imperio comunista, que dominaba medio mundo. Y los soviéticos se percataron enseguida de la peligrosidad – para ellos– de aquella revolución de libertad, que como una marea incontenible terminaría por hacer temblar sus cimientos y derrumbar su omnímodo poder. Una vez más, convergían los intereses de la comunista Unión Soviética, con los del emergente poder islámico radical, y con los intereses de la masonería. Esta última, estaba impaciente por poner en marcha su plan anti–cruz; un plan que incluía el rechazo de las más altas instituciones de la cristiana Europa, a sus propias raíces: a la principal seña de identidad que fuera su estandarte común a través de los siglos: el Cristianismo. ¡Su plan de cambio total de la moral pública y de las costumbres del mundo cristiano occidental! Ya habían logrado tener cierto éxito en algunos lugares, de honda tradición católica, y, poco a poco, irían introduciendo sus cambios de mentalidad, que incluían la educación laicista y amoral de los niños, el matrimonio homosexual – en lugar de la ley de "parejas de hecho"– el silencio absoluto de las iglesias, el arrinconamiento total de los cristianos y especialmente de los católicos en la vida pública, la eutanasia, la supresión de la protección a la vida – aborto sin límites – y, también, la supresión de la protección a la inocencia de la infancia. Les interesaba la eliminación de todo ideal conservador; la exaltación del sexo hasta en las edades más tempranas, la permisividad hacia las drogas llamadas "blandas", y – sobre todo– la fragmentación de la Familia, piedra maestra de la trasmisión de los valores éticos, morales y religiosos, que ellos deseaban arrumbar. En aquel año – 1981– fue elegido presidente de Francia el socialista masón Francois Mitterrand, el 21 de Mayo. En España tuvo lugar un curioso golpe de Estado el 23 de Febrero: tras la muerte del General Francisco Franco, y durante la llamada Transición Española, parecía que las cosas se encausaban correctamente: fue designado un rey, para que continuase la interrumpida tradición monárquica de España; el pueblo en referéndum se inclinó a un cambio político, hacia una democracia reconciliadora, enterrando el hacha de la guerra definitivamente con una ley de amnistía y una clara democratización del sistema, con partidos políticos, y una nueva Constitución. Pero algo pareció "colarse" en aquel nuevo panorama de limpias intenciones y buena voluntad: una apertura hacia el comunismo – que fue legalizado– y hacia la masonería – que también fue legalizada– conjuntamente con un incremento del nacionalismo separatista, y con un notable auge de los actos de terrorismo, demostraban – y más claramente, tras la curiosa dimisión del presidente Adolfo Suárez– que algo no iba bien: como si se hubiera introducido un gato en el palomar... Se fraguó un golpe de Estado que entre varios altos mandos del Ejército, leales a la Corona, se consideraba "un golpe de timón" (según los más cualificados observadores, con la aquiescencia del rey) en vista de la situación que vivía España– plagada de peligros, por el constante acoso del terrorismo de ETA, y de otras fuerzas minoritarias, igualmente terroristas–; se puso entonces sobre el tapete la necesidad de imponer un gobierno de concentración, con representación de todas las fuerzas políticas de la nación española. Pero ante lo adverso de la reacción popular, que veía peligrar la recién nacida democracia, y ante el temor de algunos mandos militares de ver compartiendo el poder a fuerzas enemigas de la unidad de España – como ciertos partidos nacionalistas de Cataluña y de las Vascongadas– y a los comunistas – siempre fieles al soviet aunque lo disimulasen– la divergencia de opiniones de sus muñidores hizo que el golpe de Estado del 23 F fuese abortado desde arriba, pues no se tenía nada claro hacía qué deriva podría conducir aquel imaginado gobierno de concentración. Pasó el momento de fuerte tensión política, y la nación española se vio encarrilada, de repente, al encumbramiento de una izquierda donde se haría posible, más tarde, la irrupción de una filosofía marxista, de un laicismo agresivo e intolerante, que nada tendría que ver con el inicial espíritu de concordia de la Transición.

Ronald Reagan en Norteamérica – nación líder de Occidente– significaba una reacción; una revolución conservadora contra el poder comunista, materialista, ateo, y profundamente antiamericano, que se infiltraba de una forma larvada ¡pero eficaz!

El Papa Juan Pablo II era la revolución de la libertad, en el amor a Cristo y en la búsqueda de la hermandad entre los hombres, llevando como estandarte la moral, la fe y la tradición ética emanadas del Nuevo Testamento. Faltaba por saber quién era el otro líder carismático que resultaba incómodo a los poderes unidos que habían planificado la conquista del mundo, y la implantación de una nueva Era...

Algunas de estas cosas pasaban por la mente de Michael Bradford – quien, naturalmente, aún no podía saber la totalidad de los acontecimientos, que habrían de venir luego– pero que valoraba los ya ocurridos, en su justa medida. Estaba convencido de que atentarían contra el Papa aquel día, además, porque – como buen conocedor de la Historia– sabía que la masonería creía tener una deuda que saldar con las apariciones marianas de Fátima: cuando estas ocurrieron, en 1917, el gobierno de Portugal estaba en manos de masones y ya tenían muy avanzados sus planes de erradicación de toda religiosidad en el país luso: las apariciones de la Virgen y el gran milagro del sol danzando en la órbita celeste, contemplado por cientos de personas, dieron al traste con aquellos planes y Portugal fue faro de luz sobrenatural y religiosa para los portugueses, y para el mundo entero.

Fueron muy callados durante las horas que duró el viaje a Roma; cogidos de la mano, cada uno parecía sumido en sus pensamientos. Salima estaba pesarosa de haber hablado tan tarde a Michael de la agenda, y valoraba con gratitud que él no le hubiese hecho ningún reproche por ello. Era como si el hombre entendiese muy bien que ella tenía sólo dieciocho años y había tenido en aquel asunto el miedo y la irreflexión propios de la falta de experiencia. ¡Se propuso ser más madura en adelante, y tener más confianza en él! Rogaba con toda su alma porque no pasase nada en Roma, y por primera vez elevó una oración a la Virgen María – que también era mencionada, hermosamente, en El Corán, como criatura concebida sin tacha.–

Michael era de elevada estatura y cuerpo atlético, sin un átomo de grasa superflua. Debajo de su estructura de hombre delgado, se escondían músculos de acero. Estaba preparado para mantener con éxito un cuerpo a cuerpo con cualquiera, y casi sin pensar en ello había escogido una vestimenta de elegante sencillez – era su estilo– pero bastante deportiva, que le daba libertad de movimientos. No llevaba corbata. Se hallaba preparado para todo, pero tenía temor por Salima: ella era frágil e ingenua, y le hubiera gustado poder dejarla en el hotel, pero sabía que la joven no lo consentiría. Por fin, sintieron el ruido característico de la salida del tren de aterrizaje: estaban llegando al aeropuerto de Fiumicino.

Ashma veía cumplirse el plazo que le diera a Ibrahím para que su protegida apareciese, y nada pasaba. Estaba terriblemente disgustada con su hijo mayor; intuía que podía haberse metido en la conspiración que terminara culminando con el atentado contra el Presidente de los Estados Unidos: una profunda arruga de preocupación se marcaba a lo ancho de su frente. Esperaba que Ibrahím pudiese darle una explicación satisfactoria, y que la muchacha regresase. No deseaba comer y Turia, la fiel criada marroquí, en vano la instaba a ello:
— ¡No me apetece nada, no me molestes!
Cuando se encontraba así, lo único que le apetecía era comer algunos dulces, especialmente ciertos bombones rellenos de crema de cacao, frambuesas, o "marrón glacé." Precisamente, Ibrahím le había dejado una caja nueva, antes de irse a trabajar, cual simbólica pipa de la paz…Eran de su marca preferida.
Una sonrisa ladeada curvó los labios de la anciana, irónicamente, mientras cogía la caja para abrirla: "¡La conocía bien poco Ibrahím – pensaba– si creía que iba a ablandarse por unos bombones!"
De toda la caja – dieciséis bombones– sólo uno contenía suficiente fósforo blanco, mezclado con la pasta dulce del interior, como para matar inmediatamente a una persona: y estaba en uno de los cuatro rellenos de "marrón glasé", los predilectos de la matriarca. El fósforo blanco es utilizado en la fabricación de ciertos explosivos: por sus relaciones con diversos fabricantes de armas, conseguir urgentemente fósforo blanco no fue un serio problema para Ibrahím; sobre todo contando – como contaba– con la eficaz ayuda de Tarek Shardif.
Roma lucía, aquel miércoles trece de mayo de 1981, en

todo su radiante esplendor de "ciudad eterna": monumental, milenaria y moderna, cosmopolita y bella como pocas ciudades en la Tierra.

Yuri Andrópov era director del KGB, con una amplia experiencia en sofocar disidencias...por todos los medios, tal como hiciera al aplastar la "primavera de Praga": tanto con medidas drásticas y bestiales, como con otras, mucho más sibilinas e indirectas. Esperaba inminentes noticias de Roma...

Buscar un asesino a sueldo tenía sus complicaciones: los que trabajaban para el KGB querían "salir vivos" del asunto ¡y de un magnicidio es difícil salir vivo! Sólo se podía echar mano: o de un loco – como en el caso de Reagan– al que previamente, y por un tiempo prologado, se le hubiera podido "lavar el cerebro", o de un fanático religioso, al que no le importase inmolarse. La nueva estrategia de unión con ciertos grupos radicales islámicos, le proporcionaba ahora al KGB el tipo de hombre que buscaba: un hombre al que le diese igual no salir vivo del asunto...con tal de aniquilar a quien creía su enemigo. Yuri Andrópov, pues, no podía estar más satisfecho.

Los miércoles, hay audiencia general en la Plaza de San Pedro. El Papa suele recorrer la misma, dando despacio la vuelta, para saludar a los miles de fieles que allí se congregan, venidos de los cuatro puntos cardinales del planeta. Pero aquel miércoles era especial, por ser día de la Virgen de Fátima. El estrado estaba adornado con flores, y los colores pontificios – blanco y amarillo–   acompañaban al azul de las festividades marianas. Siempre la plaza de la Ciudad del Vaticano está abarrotada en tales eventos, pero aquel día, mucho más. Había, como siempre, barreras para dejar paso libre a la estrecha senda por donde debía circular el "papamóvil", y los guardias suizos también se distribuían a lo largo del recorrido, en primera fila.

Michael y Salima habían tenido el tiempo justo para dejar

sus maletines en el Starhotels Michelangelo, que quedaba a diez minutos de la Plaza de San Pedro. Salieron andando hacia allí, con una extraña aprensión en la boca del estómago. Era aún temprano, la presencia del Santo Padre no estaba prevista hasta las cinco de la tarde, pero ellos querían moverse entre la multitud, observar los rostros...y para eso debían alcanzar estar cerca, en las primeras filas.

— Mantente a mi lado, Salima. Si veo un rostro sospechoso te apretaré el brazo o la mano; tú has lo mismo: avísame. No te extrañes si me ves abalanzarme sobre alguien para inmovilizarle, pues no hay otro medio: si es un inocente y va desarmado, la policía lo único que podrá hacerme será echarme una buena bronca, por mi exceso de celo; pero si va armado...

— Si va armado ¡puede dispararte a ti!

— No le interesa. Yo no soy su objetivo. — El hombre sonrió, para tranquilizarla.

— Habrá muchos hombres de aspecto árabe, jóvenes y morenos.

— Lo sé. Me tranquiliza algo saber que Su Santidad es un personaje muy custodiado, por las continuas amenazas que se ciernen sobre él. No seré el único que vigile.

— Pero va muy desprotegido, de todas formas. Cuando alguien quiere dispararle a otro, es muy difícil que no lo consiga...Acuérdate de vuestro Presidente ¡nadie más protegido que el primer mandatario de los Estados Unidos! ¡Y mira...!

— Sí– Michael encajó con fuerzas las mandíbulas– ¡Matar es demasiado fácil!

Habían llegado a la plaza. Salima se sintió fuertemente impresionada por aquel lugar reverencial, por la actitud exultante y llena de fervor de aquella inmensa multitud que aguardaba a pie firme, con la alegría reflejada en el semblante:

— El Cristianismo es una fe alegre...— Pensó con súbita sorpresa.

No resultaba nada fácil moverse entre aquel gentío ¡y eso que habían llegado temprano! Decidieron recorrer el semicírculo entero, despacio, moviéndose entre las primeras filas y mirando atentamente a los rostros, como si buscaran a un conocido, pero sin demasiada prisa ni impertinencia. A la gente que había logrado colocarse en los primeros sitios, les molestaba un poco que aquella pareja fuera moviéndose entre ellos y haciéndoles ceder el paso...Empezaron a menudear los "perdón", "excuse"...en boca de los dos. La mirada experta de Michael reconoció – en la forma de mirar y cierta marcialidad inconfundible– la presencia de varios policías de paisano, distribuidos entre la multitud...

El Papa entraba por un lateral de la plaza, en un "papamóvil" descubierto, saludando a la gente con cordialidad y con un claro sentimiento de amor fraterno reflejado en sus chispeantes ojos azules. La conmoción, cuando Wojtyla hacía su aparición, era inmensa. Algunas personas se adelantaban tratando de tocar sus manos, que se alargaban hacia las extendidas del pontífice; por un momento, Salima se vio separada de Michael por la gente, y quedó rezagada. Miró hacia el Papa con curiosidad: y un extraño suceso tuvo lugar, porque el Papa también la miró: sus ojos se encontraron y ella creyó percibir en aquella mirada limpia y honda, un mensaje de bienvenida: era como si le hubiese dicho: "Te estaba esperando". Dos lágrimas cayeron de los ojos negros de la muchacha, y rodaron por sus mejillas. Se había quedado clavada en el sitio, profundamente impresionada por el carisma de santidad de aquel pastor de almas.

Giró la cabeza buscando a Michael, y entonces, LE VIO: era él, no cabía duda: no porque fuera un hombre joven, moreno, de pelo muy corto, de aspecto árabe – altos pómulos, ojos muy hundidos en las cuencas– sino por la mirada que sorprendió en sus ojos, agudos y fríos: una mirada asesina, completamente diferente de las miradas de cuantos se encontraban allí reunidos. Gritó y se abalanzó hacia él, cayendo casi encima de una monja, de aspecto norteamericano, que estaba a su lado: el disparo de la pistola Browning de nueve milímetros no hizo suficiente estruendo entre aquella multitud, por eso pudo disparar hasta cuatro veces. Había alzado el arma por encima de las cabezas del público, pero al ser empujado por la monja que tenía al lado – que se aferró involuntariamente a su brazo, para mantener el equilibrio– se desvió la trayectoria de las balas, que apuntaban directamente a la cabeza del Santo Padre. No obstante, siendo – como era– un tirador de élite, las balas dieron en el blanco: no en la cabeza, sino en el vientre de Juan Pablo II. Eran las cinco y diecisiete minutos de la tarde.

El hombre que disparara – vestido con pantalones grises oscuros, chaquetilla gris azulado y camisa blanca de cuello abierto– intentó huir, pero era difícil hacerlo entre la compacta multitud; la monja norteamericana, gritando, le había retenido por el brazo el tiempo suficiente para dar lugar a que los policías y otros hombres allí reunidos – Michael entre ellos– lo alcanzasen en su carrera. Alguien le puso inmediatamente unas esposas.

La impresión fue terrible: ver al Papa abatido por las balas, doblarse con un gesto de dolor, con la blanca sotana ensangrentada, era una imagen que no podía concebirse ni en las peores pesadillas. De inmediato el "papamóvil" se pobló de agentes de seguridad vestidos de paisano, y el vehículo – entre un ulular de sirenas– cobró velocidad en dirección a la Clínica Gemelli, mientras la gente, horrorizada, era presa de la mayor angustia y confusión. Se sucedieron algunas escenas de histeria, desmayos y gritos... Salima se había quedado blanca como una muerta y sentía un zumbido en los oídos, como si estuviera a punto de desmayarse. Como en sueños, vio alejarse a Michael junto con los hombres que llevaban detenido al asesino. La multitud, sin que nadie la dirigiera, sin que nadie se lo propusiera, guardó de pronto un silencio impresionante, sólo interrumpido por algunos sollozos. Lentamente, se fueron poniendo de rodillas y comenzaron a rezar, y en el imponente marco del centro de la Cristiandad más emblemático del mundo, la plaza de San Pedro, la joven musulmana se arrodilló también, para rogar que no muriese el pontífice de la Iglesia Católica Romana.

Salima regresó al hotel mucho más tarde, abatida y pensativa, y se encaminó a su habitación: Michael había tenido la delicadeza de pedir dos habitaciones contiguas en vez de una, y ambos se registraron con nombres falsos. Entró en su cuarto y se echó a llorar sobre la cama, con infinita congoja. Más tarde, oyó dos golpes en la puerta:

— ¿Eres tú? — Preguntó.

— Sí; abre, por favor.

Michael entró, con el rostro demudado aún por la reciente angustia: su mirada triste asustó a la muchacha:

— ¿Se ha muerto? — Preguntó alarmada.

— No. Continuaba en el quirófano, hace poco todavía. Es fuerte y sano; puede que no muera. ¡Creo que no morirá!

— ¿Cómo puedes saberlo?

— Porque Ella lo salvará. No eligieron el día con acierto, los criminales…Ya lo verás. Ella hará el milagro.

— ¿Y han llevado preso a ese hombre?

— Sí. Es turco. Se llama Alí Agca. Y es nuestro hombre, Salima. Estoy seguro.

— ¡Alí! — Repitió la joven, como un eco sombrío…

— ¡Oh, Michael, sería espantoso que muriese! — Continuó— Hoy he podido darme cuenta de lo que significa, de lo que la gente le ama ¡un hombre que no habla más que de amor y de justicia, de esperanza….! ¡Y que despierta esos sentimientos en todos, viejos y jóvenes, y gentes de todas las razas…! ¿Sabes? ¡Me miró a los ojos! ¡Me miró a los ojos como si me conociese! ¡Hoy, cuando venía de regreso al hotel, he decidido que voy a hacerme católica! ¡Quiero ser lo mismo que tú; no quiero que nada nos diferencie!

El hombre colocó las manos sobre sus hombros. Se veía cansado, pero una luz interior iluminó sus grises pupilas:

— ¡Salima! ¡No hace falta, yo te quiero igual! La Iglesia ya no es como en la Edad Media: hemos evolucionado hacia una interpretación mucho más correcta de los Evangelios: sabemos que en cualquier religión, e incluso sin ninguna religión, las almas se salvan si son bondadosas, si cumplen con las leyes naturales. Lo importante es ser bueno con la gente que te rodea, y no ponerse jamás en contra de Dios, ni en contra de su Hijo, Jesucristo, enviado para salvarnos.

— No me basta con eso. ¡Yo quiero bautizarme! ¿Te acuerdas de lo que dijo Tarek Shardif en la calle, cuando tú le enseñaste la medalla que llevas al cuello? Le dijiste: "!Y estoy bautizado!" y él respondió: "!Ella no!". ¡Lo dijo con tanta malignidad! ¡Quiero estar bautizada!

— No es imprescindible para salvarse, si hay bondad en los corazones. Pero el bautismo indudablemente, aparte de borrar los pecados, confiere un carisma especial: da paso al Espíritu Santo ¡me alegra saber que deseas bautizarte, amor mío!

El hombre la abrazó con ternura, mientras añadía:

— Muchos bautizados se han condenado, porque han preferido oír el mensaje de Satanás, desoyendo la voz de Dios. ¡Pero es más fácil dar paso a la voz de Dios, cuando estás bautizado! Lo arreglaremos en cuanto lleguemos a Washington: recibirás en un día el bautismo, la comunión…y el sacramento del matrimonio.

Se miraron a los ojos largamente, y en medio de su congoja y ansiedad, ambos se sintieron consolados. Salima tenía los ojos húmedos. Michael, de pronto, pareció algo azorado:

— Me voy a mi cuarto.— Dijo— Ciérrate por dentro. Si tienes apetito, encarga que te suban algo a la habitación y no olvides volver a cerrar la puerta. Cualquier cosa, sabes que estoy en la habitación de al lado.

— No quiero cenar. Me ducharé y me meteré en la cama: miraré el televisor o escucharé la radio, para saber la evolución del Papa.

El hombre asintió con la cabeza y tras besarla en la frente, se dispuso a abandonar la habitación: antes de hacerlo, se volvió hacia ella y le dijo:

— Eres muy valiente. ¡Gracias, Salima!

Ashma pensaba en Ibrahím, su hijo mayor… ¿Qué estupidez habría sido capaz de hacer, influido por el fanático líder que acaudillaba a Irán, y pretendía ser la cabeza de una revolución islámica a nivel mundial, extremista y radical? ¡Ibrahím siempre había sido un hombre hueco! – Pensó– ¡Siempre había necesitado de su cercana vigilancia, para no dejarse llevar de sus ínfulas y jactancias! Gracias a Alá, los chicos no habían salido a él, que se hinchaba como un pavo real en la contemplación de su propia inteligencia...Los chicos – sus nietos– eran otra cosa: serían algo en la vida, por sí mismos; estaba segura. Esperaba que su padre no hubiese hecho ninguna estupidez, que les pudiese arruinar el porvenir... Distraídamente, se metió en la boca un bombón. Su mano derecha había buscado de forma maquinal los envueltos con papel dorado y verde, que eran sus preferidos: los rellenos de "marrón glasé". Era tarde cuando se dio cuenta de que aquel no era el sabor que esperaba, el conocido sabor del "marrón glasé" junto con el del chocolate...Había tragado demasiado de prisa, y el veneno iba garganta abajo cuando quiso reaccionar: "¿Qué había comido?" Se preguntó, alarmada.

Ashma se puso de pie y fue a pulsar el timbre situado junto al conmutador de la luz. Su rostro estaba muy pálido. Pero conservó la serenidad suficiente para decir a su vieja doncella marroquí:

– ¡Turia: uno de esos bombones no estaba en buen estado! Tráeme café con sal, debo provocar el vómito. Y telefonea al doctor Bartra ¡date prisa!

La mujer, de pelo entrecano y rostro moreno, vaciló un momento, asustada, pero – sin rechistar– corrió a hacer lo que le pedían.

Ashma notó un repentino malestar y que su respiración se hacía afanosa: volvió a tomar asiento en su sillón, y aunque notaba súbitos mareos que iban y venían como olas, y un súbito dolor estomacal, tuvo la serenidad de querer saber qué era lo que le estaba pasando:

– ¡Había algo en el bombón! ¡Me han envenenado! – Su cabeza era un caos, pero la lucidez quería abrirse paso entre las crecientes brumas del malestar. Quería saber quién….Cómo… ¿Ibrahím?

Cuando regresó la fiel sirvienta, en compañía de su esposo y con una cafetera y una taza en una bandeja, junto a un tarrito conteniendo sal gorda, Ashma no era capaz de tomar nada. Su rostro estaba verdoso y su boca contraída de dolor.

– ¡Ya he avisado al médico! – Exclamó el sirviente, alarmado al ver el semblante de su señora.

Entre los dos la llevaron a la cama: Ashma no era ya capaz de hablar. A la media hora, murió, sin que el doctor Bartra pudiera hacer nada por evitarlo.

Ninguno de los hijos estaba en casa cuando Ashma falleció, y de sus nueras, únicamente Farah, quien se retorcía las manos, impotente y asombrada.

– Me gustaría – dijo el doctor Bartra con timidez, no exenta de resolución– poder encargar la autopsia: No…no debo firmar un certificado de defunción sin estar seguro de la causa que pudo provocar el fallecimiento. Y no lo estoy.

Ibrahím contaba con aquello, y tenía las respuestas preparadas. No obstante, su rostro se puso color teja. Estaban en su pequeño despacho, él y el médico, a puerta cerrada.

– ¡Doctor Bartra! ¡Esa es una ofensa muy grande a la memoria de mi madre! Su cuerpo está en manos de sus hijas, que proceden a lavarlo, para seguir los ritos funerarios propios de nuestra religión. ¡Jamás consentiré que el cuerpo de mi madre sea profanado en un laboratorio de infieles, por una sospecha sin motivo!

– ¡No es sin motivo! – La frente del médico, un hombre moreno y ya mayor, de aspecto distinguido, se perló de sudor.– ¡Ella misma, según el testimonio de la criada, quiso provocarse un vómito, porque se percató de que había comido algo en mal estado! Los síntomas de su agonía y muerte, parecen los de un envenenamiento ¡y tengo obligación de averiguar qué ha sido en realidad!

Ibrahím se irguió en toda su estatura, sacando pecho, y rugió:

– ¿Está usted insinuando que hemos envenenado a nuestra

madre? ¿Nosotros, los hijos más sumisos y devotos de la tierra? ¡Eso es un insulto, que no me esperaba de usted!

El doctor Bartra pareció marchitarse como una flor...su rostro se puso ceniciento, y por primera vez, balbuceó:

– N..no eso, no...yo no insinúo semejante cosa. Pero los bombones pueden haber sido alterados, en fábrica... !No sería la primera vez que un loco introdujese una sustancia tóxica en un producto destinado a la venta! Algunas veces, es un empleado despechado: puede haber otras cajas similares por ahí, y que esté corriendo peligro la colectividad. Si es lo que pienso, usted estaría en su derecho de poner una denuncia.

– ¡No me interesa el escándalo, en torno a la memoria de mi madre! ¡Si ella levantara la cabeza, se indignaría ante esa sola posibilidad! Doctor Bartra: ya le hemos dado la caja de bombones – sólo faltan los dos que ella se comió– para que los haga analizar. No puedo hacer más. !Todo esto es estúpido! Sabe que la marcha de Salima la afectó mucho; usted mismo le recetó hace poco unas cápsulas para el insomnio y otras para controlar la presión arterial, que por primera vez en su vida le había subido más de lo normal, por culpa de esa ingrata estúpida, que decidió de pronto independizarse... ¿No habrán sido – añadió con intención– esas pastillas hipotensoras, las causantes de la muerte?

El médico reaccionó con indignación:

– ¡De ninguna manera! Tendría que haberse tomado varias, para causar la muerte... Son escasamente potentes. Y, de todas formas, los síntomas habrían sido distintos.

– Eso es lo que usted dice. Yo digo ahora, doctor Bartra – su voz autoritaria bajó unos grados, y silabeó con precisión cada palabra– que recuerde lo mucho que le debe a esta familia. Usted era un médico desconocido cuando llegó de Egipto: mi madre, y nuestra posición social, lo encumbraron hasta convertirse en el médico favorito de la colonia egipcia en Washington...Y de muchos palestinos y árabes distinguidos. ¡No era nadie, y puede volver a no ser nadie!

El médico entendió perfectamente el mensaje. Se pasó la

mano por la frente y claudicó, con voz opaca:
– Está bien. Era su madre. Yo la respetaba mucho y, efectivamente, le estoy muy agradecido. Si estuviera en su lugar, querría esclarecer los hechos, pero usted es muy libre de querer evitar cualquier escándalo en torno al nombre de su familia. Firmaré el certificado de defunción.
– No hay ningún hecho oscuro que necesite ser esclarecido. Gracias, doctor Bartra: esta familia – usted no lo ignora– sabe ser agradecida.

Se dieron la mano con frialdad y el doctor Bartra abandonó la estancia con un rictus amargo en los delgados labios.

La llamada "trama búlgara" empezó a tomar forma tras el atentado contra el Papa. Alí Agca no había dicho nada, pero hubo algunas "filtraciones" que señalaban al gobierno comunista de Bulgaria – una nación más bien insignificante dentro de la Unión Soviética– como instigadores del fallido magnicidio. Nada que señalara al Soviet Supremo, ni mucho menos al KGB, ni tampoco al nuevo poder islámico surgido con el liderazgo de Jomeini, excepto que el magnicida era de religión musulmana. Un musulmán al servicio de una pequeña nación comunista, algunos de cuyos dirigentes, al parecer, habían contratado a un asesino a sueldo; un tirador de élite, para desembarazarse de un Papa que podía coadyuvar a ocasionar en el imperio soviético un indeseable efecto dominó: si Polonia adquiría su independencia y libertad, los demás países querrían hacer lo mismo… ¿Era esto tan vital para los búlgaros? ¿O detrás de los búlgaros había otros intereses ocultos? Los rumores empezaron a inclinar a la opinión pública más bien hacia esta última tesis.

Se encontraron en poder de Alí Agca algunas monedas búlgaras, y un sobre vacío – que pudo contener dinero– con un sello de correos de aquel país: esto terminaba de afianzar la teoría de "la trama búlgara", pero, afinando, el servicio secreto de Turquía avisaba de que Agca fue visto con un egipcio – de nacionalidad norteamericana– en un cafetería de

Ankara. Este hombre era un traficante de armas, muy rico e influyente... ¿Le había facilitado el arma, las municiones...? Existía una foto de Agca – casi de espaldas– recibiendo algo de manos de aquel hombre, que residía en Washington... ¿Un agente de la CIA? ¿Estaba la CIA detrás del atentado contra el Papa? ¿Por qué razón? Los rumores, alimentados por los medios de comunicación, nacían, se sucedían y se esparcían por el mundo a velocidad de vértigo, sin que nadie supiese de dónde salían: era como la hidra de Lerna, que al perder una cabeza, surgían dos más.

Tarek Shardif visitó a su amigo Ibrahím Azís–Damar justamente después de que el médico abandonase la casa, tras el fallecimiento de Ashma. Inquieto, le recibió en su despacho:

– Puedo concederle muy pocos minutos; mi madre está de cuerpo presente.

– Le doy mi pésame.

Una sonrisa irónica, que dejaba al descubierto el resplandor de sus dientes perfectos, se reflejó en el rostro del visitante. Ibrahím se aseguró de que la puerta estaba bien cerrada y fue a ocupar su puesto ante la mesa de despacho, señalando al otro la silla de enfrente, con un ademán. Se secó con un blanco pañuelo el sudor que le bañaba el rostro:

– ¡Acaba de marcharse el médico! – Dijo, nervioso– ¡Y me ha costado mucho que extendiese el certificado de defunción! Usted no me informó bien, Shardif: me dijo que la muerte producida por fósforo blanco puede pasar fácilmente por una muerte producida por hipertensión arterial. Y, por lo visto, no es así; el médico ha firmado a regañadientes.

– Espero que no se dedique ahora escribir a las autoridades cartas anónimas, para forzar a la autopsia...

Ibrahím dio un respingo: – ¿Podría hacerlo? – Preguntó.

– Si usted ha cometido la indelicadeza de humillarle, sí. Pero tiene en su mano conjurar el peligro: mande a incinerar el cadáver; en este país es práctica común.

– ¡Pero en nuestra religión, no lo es! Usted lo sabe. Mis hermanos y cuñadas no lo comprenderían, ni mi propia esposa. No, no puedo hacer eso.

Ibrahím se tiró de los pelillos de la barba, pensativo: su mano, grande y morena, temblaba visiblemente. Un velado desprecio asomó a las frías pupilas celestes que le observaban:

– ¿No es usted muy sutil, verdad?

Al tiempo que hablaba, Tarek se metió una mano en un bolsillo y extrajo su cartera: cogió una cartulina y la dejó caer sobre la mesa, ante los ojos de Ibrahím:

– Esto – dijo– no sólo fue una falta de sutileza: fue una estupidez. Usted debió de citarse con Alí en otro lugar, menos público.

Los grandes ojos negros parecieron salirse de sus órbitas:

– ¿De dónde ha sacado esa foto?

– Está ya en poder de los servicios de inteligencia americanos. Alguien dio un soplo al gobierno turco; Alí Agca era considerado un individuo peligroso. Un miembro de la policía secreta turca les hizo esta foto, en el preciso momento en que usted le entregaba el sobre. No se ve muy bien a Agca, pero los expertos sabrán identificarle... El individuo fue seguido por los turcos, hasta que les dio esquinazo y desapareció: no supieron que se dirigía precisamente a Roma; le perdieron la pista en el aeropuerto. Pero a usted no; saben quién es, amigo: creo que se ha metido en un bonito lío.

– ¡Yo seguí exactamente sus instrucciones!

– Le falta a usted imaginación; recursos. No debimos encomendarle esa misión. – La voz del visitante era desabrida y gélida, cortante como un cuchillo.

Ibrahím le miró a los ojos intensamente:

– ¡Usted me ha utilizado, Shardif! – Dijo, despacio, con un trémolo en la voz– ¡Me ha convertido en un "cabeza de turco" de todo esto...! Crearon una falsa pista búlgara no sólo para desviar la atención de los verdaderos inductores, como me dijeron en su momento ¡sino para atraer la atención hacia mí, un residente en América! ¡Así la pista viene hasta aquí, y se aparta totalmente de la Unión Soviética y el KGB! ¡Piensan regar la especie de que soy un hombre de la CIA! ¿Es eso?

– Para ser un hombre de poca imaginación, su proceso mental ha sido muy ágil.

– ¡Maldito traidor! – Masculló Ibrahím con rabia; sus ojos estaban inyectados en sangre y sus manos se crisparon– ¡Me ha comprometido hasta el cuello! ¿Sabe que podría no salir vivo de este despacho?

– Sé que tiene un revolver en esa gaveta. Pero no lo usará contra mí – El hombre se puso de pie, en toda su gallarda estatura– porque no podría justificar tal cosa...piénselo, Ibrahím. Yo en su lugar desaparecería de inmediato, de cualquier manera. Así libraría a sus hijos y a sus hermanos de cualquier...!problema! Y no piense que puede escribir al FBI o llamar por teléfono y hablarles de mí. Yo soy un número, no soy nadie. Quien trafica con armas es usted. Quien se ha radicalizado tras la irrupción de Jomeini en la escena política y religiosa del mundo árabe, es usted. Quién proporcionó las balas para el atentado contra Reagan, es usted... Y quien fue a ver a Alí Agca antes del atentado contra...el obispo de Roma, es usted. Siga mi consejo, si quiere salvar algo: a sus hermanos, el porvenir de sus hijos... !Quítese de en medio! –

El hombre abrió la puerta y se marchó, con aquella sonrisa insolente y hermosa en su rostro perfecto.

Ibrahím estaba temblando. Su mente, embotada por la sucesión de acontecimientos adversos, era incapaz de ordenar sus pensamientos, de serenar sus emociones. Sintiendo los pulsos latirle en las sienes como golpes de martillo, se levantó e hizo ademán de ir tras el hombre, pero se arrepintió y volvió a sentarse. Sus ojos giraron en torno de la pequeña habitación, como buscando una salida: en aquel momento, parecía un animal acorralado, una fiera peligrosa en peligro de muerte, que no sabía por dónde le podían venir los palos. Sus ojos tropezaron con una fotografía de Ashma, colocada encima de una estantería de libros. Los ojos de la mujer, hondos y severos, parecían hacerle un duro reproche.

– ¡Matricida! – Exclamó Ibrahím en voz alta. Y en ese momento llegaron hasta él los llantos plañideros de las mujeres que velaban el cadáver de su madre.

Ashma había sido lavada conforme a la tradición y envuelta en los preceptivos lienzos blancos y nuevos. La familia, reunida en torno, se sobresaltó al escuchar el disparo de un revólver.

Tarek Shardif no había cogido ninguno de los cuatro ascensores para descender de aquel noveno piso. Fuera de la casa, aguardaba...Cuando escuchó la detonación, una sonrisa cruel se reflejó en su rostro de hielo. Ahora estaba seguro de que la pista búlgara terminaría por venir a América...para no conducir a ninguna parte. La mano oculta que "meciera la cuna" en el asunto del atentado contra el Papa, seguiría en la sombra.

Antes de tomar el avión que les conduciría de regreso a Washington, Salima y Michael hicieron en Roma una visita al viejo sacerdote exorcista. Las noticias no eran desalentadoras; el Papa había superado una operación de cinco horas y veinte minutos; se le había extirpado un metro de intestino, y su estado era estable, dentro de la gravedad. El equipo médico creía tener razones para el optimismo.

El anciano sacerdote exorcista les recibió en su despacho del Vaticano, amueblado con comodidad, pero extrema sencillez. Hablaron largo rato de todo lo ocurrido, y Michael le informó de quién era Salima y de por qué razón estaba allí. El anciano la miró con simpatía:

– Ahora ya sabemos más, Bradford – dijo mientras limpiaba sus gafas con un papel– ¡bastante más! El dibujo que vio en Tel Aviv, que representaba una pistola apuntando a la cruz ¡es el atentado contra el Sumo Pontífice! Y la cúpula de San Pedro, envuelta en llamas, es lo que pretendían que ocurriese, tras la confusión creada por la muerte del Papa...Un plan que no pudo tener su segunda parte, porque el Papa, gracias a Dios, no ha muerto. Lucifer ha fallado de nuevo, y al igual que con el primer atentado, la segunda parte de su plan – que seguramente incluiría cosas muy tenebrosas– no ha podido tampoco ponerse en práctica. Falta saber lo de las torres incendiadas...

– Y algo más. Eche un vistazo a esta agenda. Perteneció a

un hombre que fue cómplice en el atentado contra Ronald Reagan.

Michael le alargó la diminuta agenda de tapas negras:

– Como verá, padre, la primera fecha es la del atentado de Reagan...Y el lugar: Washington. La segunda, que pone "Roma" es la del día de ayer: 13 de Mayo. La tercera es en El Cairo...y es el 6 de Octubre.

– Todas, este año... "La hora de Lucifer"...– Murmuró el sacerdote– ¿Quién puede ser el próximo? ¡Que se trata de otro atentado, yo no lo podría en duda! ¿Si lo unimos a los dibujos y pintadas que usted retrató en Teherán...?

El anciano hizo una pausa, pensativo, antes de agregar:

– Esas paredes altas...me recordaron la entrada de los templos egipcios, de Filé o de Luxor. Son altas fachadas gemelas.

– Pero esas paredes que cita, no están exactamente en El Cairo, aunque sí muy cerca.– Respondió Michael.

– Son patrimonio de la Humanidad.– Terció Salima.– En un libro que leí, llamado "Dioses, tumbas y sabios", decía que los antiguos egipcios, todo lo que tenía que ver con sus dioses o con sus faraones, lo pintaban mucho más grande que lo demás, para resaltar la insignificancia de las otras cosas, y la grandeza de lo perteneciente a los dioses, o a la realeza.

– Pintarlas tan desproporcionadamente grandes en comparación con las edificaciones del entorno, también es una forma de resaltar la importancia de esas torres o monumentos, en sí mismos: son, no sólo patrimonio de la Humanidad, sino fuente de riqueza para todo Egipto. El turismo es una de sus principales fuentes de riqueza, yo diría que la más importante...Y el turismo va, principalmente, en busca de los restos de lo que fue el Egipto de los faraones; esa civilización tan atrayente como enigmática. – El padre hizo una pausa, para pensar:

– ¡Si alguien cometiera un atentado contra esos templos– prosiguió– sería un cuchillo clavado en la yugular de Egipto!

– En la foto que hice, se ven envueltas en llamas...– Dijo Michael, pasándose la uña del pulgar, delicadamente, de la mandíbula al mentón, pensativo.– Pero si los anteriores casos han sido atentados contra personas, no tenemos por qué pensar que el tercero será diferente. Es muy difícil hacer arder la piedra.

– No, si antes se coloca dinamita. – Dijo Salima. Y añadió:

– Los islámicos radicales chiítas, odian a la civilización egipcia, porque tenía un culto exagerado a las imágenes. Por todas partes, los egipcios colocaban imágenes ¡hasta la Esfinge, es la imagen de un león con cabeza de mujer! Si alguna vez los llamados Hermanos Musulmanes tomasen el poder en Egipto, acabarían con todo eso, arrasarían. No consienten que se reproduzca de ninguna forma la figura humana, ni de animales, ni de nada. Muchas mujeres – por esta causa– nunca en la vida se han hecho una fotografía. No les importa que el turismo que va a ver Egipto– por los restos de su antigua civilización – deje de ir…ni que el país se hunda en la pobreza. Para ellos, lo primero es cumplir a rajatabla con sus preceptos. Los ulemas decretan la destrucción de toda figura humana o de animal, esculpida o pintada, muy especialmente si esta es representación de una divinidad, o si se halla enclavada en un sitio que sea, o haya sido, de culto religioso.

– ¿Cómo los colosos de Abú Simbel?

– Por ejemplo.– Terminó Salima.

– ¿Y por qué querrían hacer un atentado tan salvaje, precisamente ahora? – Volvió a preguntar Michael. Fue el sacerdote quien le contestó:

– Los integristas islámicos, los ultra ortodoxos representados por Jomeini, sienten un agravio muy fuerte contra Egipto. Para ellos, sus gobiernos se venden, o "coquetean" con Occidente, y con su más detestado enemigo: Israel. Los acuerdos de hace tres años en Camp David, recuerde Bradford, fueron la primera piedra de la anhelada paz en Oriente Medio… Los artífices de eses acuerdos fueron: Begín, Annuar el Sadat, y Jimmy Carter. A Carter ya ve cómo lo destrozaron políticamente con el asunto de los rehenes en la embajada de USA en Teherán. Si hay alguien en su punto de mira, yo diría que es el judío Begín, o el egipcio Sadat, quien – no lo olvidemos– reconoció al Estado de Israel, lo cual para ellos es motivo más que suficiente para tenerlo en su lista negra.

– ¡Pero esos dos hombres – y eso lo sé, por mi profesión– son los más vigilados de la tierra! El Mossad recibe cientos de alarma de actos terroristas destinados a aniquilar a Begín, y ni uno solo se queda sin investigar. ¡No hay quien llegue hasta esos dos hombres, se lo aseguro, padre!

El sacerdote suspiró:

– El Mal es ladino…se cuela por todas partes. Yo diría que el objetivo es Sadat.

– Yo pienso que el objetivo es Egipto, – dijo la muchacha– su riqueza: castigan a Sadat, y a todo Egipto, por haberle respaldado. ¡Creo que ese dibujo en la pared de la Iglesia profanada tiene su significado, como los demás dibujos!

– Pero están muy toscamente hechos…no podemos estar seguros de que esas dos moles elevadas representen a los templos del antiguo Egipto. Yo me inclino a creer que el objetivo es un hombre, un líder carismático: Begín – puede estar planificando una visita a El Cairo para este otoño– o el propio presidente de Egipto, Sadat.

– Usted tiene más experiencia en ese campo, Bradford. Me imagino que ya habrá comunicado los detalles de esa agenda a sus superiores.

– Sí, así es. Pero chocamos con las mismas dificultades que anteriormente. Esos hombres son de los más amenazados de la tierra.

– Pero esta no es una amenaza más; las fechas anteriores, se cumplieron.

– Sí, se cumplieron…Aunque, gracias a Dios, los elegidos para morir, no murieron. Lucifer no se salió con la suya.

El rostro de Michael se puso muy serio:

– Ahora, – continuó– voy a contarle mi otro encuentro con Tarek Shardif… ¿Recuerda de quién le hablo?

– Recuerdo todo lo hablado con usted, hasta en sus más

mínimos detalles.

Entre los dos jóvenes, fueron narrando al anciano los últimos acontecimientos. El episodio del intento de Tarek de penetrar en el piso de Olivia fue narrado por Salima, que no podía olvidar su tremenda impresión al ver allí a aquel hombre, y su atónito espanto cuando observó la mella que en él hacía la presencia de la imagen de San Miguel Arcángel.

– Fue usted muy valiente…Y dijo las palabras justas. Debe rezar mucho, diariamente, Salima…Ese hombre…o lo que sea, la conoce.

– Quiero pedirle algo que sé que no es ortodoxo, ni siquiera legal, padre ¡pero lo necesitamos!– Dijo Michael, con apremio.

El sacerdote le miró con curiosidad:

– ¿Qué puede usted pedirme, que no sea legal…?

El hombre se removió, inquieto; sus largas piernas cambiaron de posición:

– Verá, padre…Salima está implicada ya en mi vieja lucha contra el satanismo. Yo creo que la única forma de poder continuar los dos esta lucha, es haciendo lo que usted me aconsejó una vez: no dejando paso a las tentaciones de Satanás en nuestras vidas. Así, estaremos seguros. Usted dijo que frecuentar los sacramentos, una vida alejada del pecado, y la oración diaria, la eucaristía, la devoción a la Virgen…eran los mejores escudos contra Lucifer.

– Así es. Nada podrá con vosotros si procuráis llevar una vida lo más parecida posible a lo que Cristo y la Iglesia por Él fundada, nos piden. Es inútil llevar encima agua bendita, ni medallas, ni imágenes ni estampitas, si nuestra vida es una vida desordenada, o si no nos acercamos a Dios por medio de la oración y de la penitencia.

– Quiero que hoy bautice usted a Salima, celebre Misa para nosotros y nos case. Sin papeles, nada de ello constará. Pero sólo así Salima podrá sentirse protegida. No crea que lo hacemos por miedo: Salima ha sido convertida por Juan Pablo II; él la miró a los ojos y ella tomó la decisión de hacerse católica, antes de venir aquí. Sabemos que en

América, ya con tiempo, hemos de casarnos de nuevo: por la Iglesia y por lo civil, para que conste en todas partes y sea una unión legal. Pero si usted nos casa hoy, nosotros sabremos que somos marido y mujer, que nuestro amor está santificado, y que Salima ha recibido el carisma trinitario del bautizo, y eso la protegerá. No quiero que pase más tiempo así. Está desprotegida.

El sacerdote estuvo a punto de interrumpirle en dos ocasiones, pero cambió de opinión y cerró los labios. No contestó enseguida, y estuvo unos minutos abstraído en sus pensamientos.

– Sí...– Dijo al fin, moviendo la cabeza– Es muy irregular, mucho... Y tendrán que volverse a casar, pues ante el mundo seguirán solteros. Pero comprendo lo que quieren decir. ¿Conoces lo suficiente nuestra religión, Salima?

– He leído muchas cosas...Los Evangelios, Los Hechos de los Apóstoles...!Estoy segura de que quiero ser católica! Es cierto lo que dice Michael: tomé esa determinación ayer, de rodillas en la plaza de San Pedro.

Una hora más tarde, en una recoleta capilla vaticana, con las puertas cerradas, Salima recibió las aguas del bautismo y fue llamada "Salima María". Sólo Michael era espectador privilegiado del emocionado recogimiento de la muchacha. Después – siempre revestido de todos los ornamentos sagrados– el sacerdote los unió en matrimonio, y celebró para ellos la Santa Misa, dándoles la comunión.

Olivia estaba hospedada en casa de una amiga, compartiendo piso, por un tiempo prudencial. Así lo había creído mejor David Mansfield. Comió con su hermano y su ya cuñada en una pizzería de la avenida Florida:

– No regresemos ninguno al piso, hasta que pase un tiempo; tu amigo David lo encuentra más prudente.

La joven enseñó a Salima una nota recortada de un periódico, cuando ya habían concluido los postres y charlaban en la sobremesa, esperando el café:

– Mira: sé que te dolerá, pero – al parecer– murió de

muerte natural y rápida. No es el caso de Ibrahím: él se pegó un tiro.

Salima cogió en sus manos ambos recortes de periódicos y súbitamente sus ojos se llenaron de lágrimas:

– ¡Dios mío! – Exclamó. Leyó las breves notas y las dejó sobre la mesa, mientras su mirada se perdía en un punto de la pared, abstraídamente: dos lágrimas rodaron por sus mejillas redondeadas. Michael cogió las notas y las leyó también:

– Es extraño.– Murmuró. Y su mano derecha se alargó hacia las de Salima para coger las de ella entre las suyas, y apretarlas cálidamente.

– Siento lo de Ashma. – Dijo.

– Me pregunto…– Dijo la muchacha, con la mirada todavía perdida en algún punto frente a sí– Me pregunto qué habrá sucedido…

– Trataré de saber, por David, lo más que pueda.

– Voy a ir, Michael. Voy a ir a la casa. Quiero hablar con Abdulah y con Omar, y con las esposas.

– No puedo impedírtelo. Te acompañaré.

Salima se sintió muy extraña al subir en ascensor los nueve pisos de la que fuera su casa, en compañía de Michael. Él, con el semblante serio, la llevaba galantemente del brazo. Vestía con su habitual elegancia un traje gris, con camisa blanca y corbata escarlata. Pese a los tacones de Salima, la diferencia de estatura era notable. La muchacha estaba algo pálida, y semejaba una figura sacada de un figurín de modas: en nada recordaba a la joven de zapatos chatos, rostro sin pintar, cejas casi juntas, y deslucidos vestidos holgados, con aquel peinado tan poco favorecedor de coletas trenzadas sobre la nuca y enorme flequillo negro…

Cuando entró en la casa – utilizó su llave– se llevó ambas manos al pecho.

– ¡Ánimo! – Le susurró Michael.

Iba vestida con un conjunto de dos piezas, tipo "chanel" de pata de gallo en blanco y negro, y una blusa blanca. Sus piernas bonitas, embutidas en las medias de nylon, y su airoso peinado "despeinado" estilo "bob", hacían que pareciese una artista de cine. Pero su corazón palpitaba muy fuerte cuando avanzó, seguida por Michael, hacia el salón que fuera de Ashma, donde se oían voces...

Todos los rostros se volvieron hacia los intrusos, y las voces callaron bruscamente:

– ¿Qué es esto?– Pregunto Omar, poniéndose lentamente de pie.

– ¿Quiénes son ustedes? – Preguntó Abdulah, desde un rincón de la estancia. Estaban los dos hermanos, con sus mujeres. El sillón que fuera habitualmente de Ashma, se hallaba ocupado por Farah, quien vestía enteramente de blanco y miraba a los intrusos con la boca entreabierta de sorpresa. Nadie parecía haberla reconocido. El anticlímax se produjo con la irrupción de Turia, la fiel servidora, portando una bandeja de plata con un juego de té. La mujer se detuvo en seco y por poco deja caer todo al suelo:

– ¡Señorita Salima! ¡Qué cambiada está!

– ¿Salima? – La voz aguda de Farah pareció un grito.

– Sí, soy yo, Farah...Sólo me he cortado el pelo y me he comprado ropa nueva. Bueno, y me he casado...Este es mi marido, Michael Bradford.

– ¿Te has casado con un americano? ¡Y sin decirnos nada! –Exclamó Leila, rencorosamente.

La muchacha ignoró su comentario.

Los hombres reaccionaron al fin:

– Lo siento, Salima, pero no eres bienvenida a esta casa. – Dijo Abdulah– ¡Te portaste con ingratitud y creo que nuestra madre debió de enfermar por tu culpa, y murió de dolor! ¡Has causado mucho daño a esta familia! Veo que has entrado con tu llave: te ruego que nos la devuelvas, y te marches.

– Antes – dijo Michael con voz clara y fuerte– deben ustedes oír lo que Salima tiene que decirles, por su propio bien: les interesa. Le interesa a toda la familia.

Salima había tenido un momento de debilidad ante la hostilidad de Abdulah, pero se recuperó: respiró fuerte y dijo – tratando de dar firmeza a su acento– :

– Yo quería a Ashma, y le estaba agradecida. Ella lo sabía,

137

la llamé por teléfono. Siento mucho su muerte...– Su voz se quebró y miró a su marido, como pidiendo ayuda:

Michael tomó la palabra. Mientras tanto, Turia había ido a buscar, diligentemente, una silla del comedor para Salima, quien se dejó caer en ella dirigiendo una sonrisa de gratitud a la servidora. Michael continuó de pie:

– Deben ustedes de saber la verdad, por la cuenta que les tiene. El gobierno de los Estados Unidos tiene noticia de que son ustedes traficantes de armas...– Alzó una mano, grande y cuidada, para acallar las protestas– Pero no tiene ningún interés en detenerles, si abandonan de inmediato esa actividad delictiva: el gobierno sabe que quien dirigía tales operaciones era el difunto Ibrahím Azís–Damar, el hermano mayor de esta familia, y que ustedes no eran más que comparsas. ¡Les ruego que no me interrumpan! Hay algo más, que todavía no saben: Ibrahím iba a recibir en breve una orden de arresto: por eso se quitó la vida. Una orden de arresto ...– Comenzó ahora a hablar muy despacio, y de forma incisiva– POR COMPLICIDAD EN EL INTENTO DE ASESINATO DEL PRESIDENTE RONALD REAGAN.

Un silencio espeso acogió sus palabras. Farah lanzó un suspiro que parecía un sollozo.

– ¡Eso es una infamia! – Exclamó, acalorado, Abdulah.

– Eso...es una verdad irrefutable y comprobada. La pistola y las balas usadas por Hinckley fueron proporcionadas por su hermano. Si esto se hiciera público, el escándalo les alcanzaría a ustedes, irremediablemente. Pero no tenemos ningún interés en levantar más liebres, ni en provocar más escándalos, y menos entre la colonia musulmana de este país. La señora Ashma tuvo conocimiento del asunto; no sé lo que ocurriría, pero el resultado han sido dos muertes. Está claro que ustedes deben aceptar los hechos, entonar el "mea culpa" y retirarse discretamente de todo, sin responsabilizar a Salima ¡sino al exceso de codicia de su propio hermano! Les aconsejo que tengan sus cuentas claras, y que rompan todo vínculo con la mafia de tráfico de armas.

– ¡Nosotros no nos entendíamos con ellos! – Dijo,

asustado, Omar, con el rostro ceniciento– ¡Ni siquiera les conocíamos! ¡Todo se hacía a través de Ibrahím!

Farah comenzó a llorar, quedamente, con el rostro entre las manos:

– ¡Sabía – dijo con amargura– que algo malo ocurriría!

Salima contuvo el impulso de ir a abrazarla; no estaba segura de cómo sería acogida.

Resueltamente, Abdulah se acercó a Michael:

– Suponiendo que todo eso sea verdad – dijo– puede estar seguro de que tendremos muy claras nuestras cuentas, de que responderemos a cualquier interrogatorio que nos hagan, y que no mantendremos en el futuro ninguna relación con los socios de Ibrahím...que Alá le haya perdonado. Pero tampoco queremos mantenerla con Salima...Ella salió de nuestra vida y deseamos mantener esa distancia, y lo mismo con usted, que parece muy enterado de todo...– Le miró con sospecha– como si perteneciese al FBI...Por eso, les rogamos que se vayan. Buenos días.–

Con un ademán pomposo de despedida, el hombre salió de la estancia. No tardaron en seguirles, primero su esposa y después su hermano Omar, seguido a su vez por su mujer, quien echó a Salima una última mirada de curiosidad, de arriba abajo. Sólo quedó Farah, con el rostro pálido y las profundas ojeras que daban a su mirada oscura una orla de tragedia:

– Yo...– Dijo, titubeante – estoy de acuerdo con ellos. La verdad es que no nos unen con Salima nexos de cariño. Nunca los hubo. Como tampoco con mi suegra, – continuó, amargamente – pero les agradezco que hayan venido. Yo no sabía todo, no sabía, no... ¡Pero intuía que algo iba muy mal, que Ibrahím se había metido en un enredo serio! En fin, así lo ha querido Alá, así debe ser.

La mujer se puso en pie y Salima también: la muchacha le alargó las llaves del piso, que ella se guardó en un bolsillo:

– Adiós, Salima. Te deseo suerte.

– Hay algo más. – Dijo Michael:

– Existe un hombre...Un hombre llamado Tarek Shardif.

Era conocido de su difunto esposo.

Los ojos de Farah se abrieron con alarma:

– Lo sé. Le vi alguna vez.

– Pues no vuelva a verlo, si en algo aprecia el porvenir de sus hijos. Si él se pone en contacto con usted, llámeme a este número – le alargó una tarjeta de visita– y, no lo olvide: ese hombre es su enemigo. Su peor enemigo.

– Lo tendré en cuenta. – Susurró la mujer, y abandonó la estancia con un "frufrú" de su caftán de seda blanca.

Salima y Michael quedaron solos en el salón presidido por la bandera de Egipto. En ese momento, apareció Turia, con su delantal blanco.

– Por favor, señorita Salima...Y el caballero... ¿Vendrían a tomar una taza de té en la cocina, con Mustafá y conmigo?

El rostro de Salima se despejó, súbitamente iluminado por una sonrisa:

– ¡Claro, Turia!

Siguieron a la mujer hasta la cocina, donde les esperaba Mustafá: en la mesa – un "comedor alemán", pegado a una esquina– humeaban sendas tazas de té y unas apetitosas pastas estaban colocadas junto al servilletero. Salima se sintió por primera vez en casa, y tomó asiento, señalándole un sitio a Michael, a su lado. Un fuerte olor a hierbabuena embalsamó el ambiente.

– Mustafá y yo nos alegramos de verla, señorita Salima. –

Se notaba aprecio en la voz de la mujer. La joven puso una de sus manos sobre las suyas:

– ¡Tomen asiento con nosotros los dos, por favor! Tomemos el té, como en los viejos tiempos. Este es Michael, mi marido.

El matrimonio se sentó junto a ellos en el banco, forrado de rojo.

Mustafá era un hombre enjuto, de pelo gris; se le veía algo tímido cuando dijo:

– Hemos oído lo que hablaron con los señores: perdónenos la impertinencia, pero estamos muy asustados...–

– ¡No sabemos qué hacer...! – Interrumpió Turia.

– Cuéntennos, por favor...– Las cejas de Salima se fruncieron– Usted sabe que sé ser discreta.

– La señora se puso enferma cuando comió un bombón, de la caja que había traído el señor Ibrahím para ella, poco antes...Comió el bombón y me dijo que quería vomitar, que había comido algo malo.– Los ojos negros de la mujer se llenaron de lágrimas– Y corrí a avisar a Mustafá para que llamara al doctor Bartra, mientras yo preparaba café con sal, como me había dicho. Pero no hubo nada que hacer, y la pobre...murió.

– El doctor Bartra – ahora era Mustafá quien retomaba el hilo de la narración– nos hizo muchas preguntas: qué había comido la señora, qué había bebido... No estaba nada satisfecho, y tuvo una entrevista terrible con el señor Ibrahím. No quería firmar el certificado de defunción, pero por fin lo firmó y se fue.

– Llevándose con él la caja de bombones. – Terminó Turia.

– Pocos minutos después – continuó hablando Mustafá, ya perdida toda cortedad– vino ese hombre llamado Shardif, el de los ojos tan azules. Y se encerró en el despacho con el señor.

– ¡Estando su madre preparándose para la mortaja!– Exclamó Turia– Y, cuando se marchó ¡ay, señorita Salima! ¡Se escuchó el tiro! No habrían pasado ni cinco minutos desde que ese hombre se fue.

Michael miró a la mujer:

– ¿No dejó Ibrahím ningún papel, una nota de despedida? – Preguntó.

– Sí. – Contestó Mustafá– La encontró el doctor Bartra. Ponía solamente: "No puedo continuar con esto".

– ¿Dónde está esa nota?

– La señora Farah se puso muy nerviosa y la destruyó: padeció un ataque de histeria; el doctor Bartra tuvo que atenderla.

Salima y Michael tomaron sus tés con hierbabuena; las pastas apenas las probaron.

LÍDICE PEPPER

Dieron efusivamente las gracias al matrimonio – Salima prometió no perder contacto con ellos– y se marcharon, no sin antes preguntar la dirección del doctor Bartra.

El doctor Bartra les confirmó todo lo expuesto por los fieles sirvientes. Al principio, tuvo alguna reticencia por causa de Michael, pero al reconocer a Salima – a quien conocía desde que era una niña– y ver la insistencia de la muchacha, terminó por franquearse plenamente:

– Sí, – dijo con pesadumbre– esa es la historia. Los otros bombones no tenían nada, pero basta uno para causar la muerte, y ella empezó por ahí...

– Sería de "marrón glasé"– dijo Salima con una punzada de dolor al recordar– ¡eran sus preferidos!

– ¡Y el asesino lo sabía y contaba con ello! – Añadió Michael– ¿Qué veneno cree usted que se empleó?

– No lo sé...me habría gustado que se hiciera la autopsia. Tal vez fósforo blanco, pero no puedo estar seguro...

– El suicidio de Ibrahím – continuó la muchacha– le señala claramente como culpable.

– Yo no diría tanto...– El hombre movió la cabeza, dubitativo– pero sí, es lo más probable...Advertí una vez a su tía que no es bueno tener a los hijos tan...dominados, tan férreamente gobernados. Puede hacer crecer en el alma de alguno una rebelión; unas ansias internas muy intensas, de libertad, cuanto más reprimidas, más terribles. Y una vez cometido el horrible acto – el matricidio es un delito que conlleva espantosas consecuencias psíquicas– el hombre no pudo soportarlo...y se mató. Sí, eso es lo más probable.

– Ahora puede usted ordenar una autopsia, hacer una investigación...– Michael miró al médico a los ojos. El hombre levantó ambas manos, y nuevamente las dejó caer.

– ¿Para qué?– Dijo.– Si él la mató, Alá lo estará juzgando severamente. No ha salido libre de su crimen: lo pagó con su vida. Ahora ¿qué se gana con sacar a la luz la sórdida historia de un hijo que se rebela contra una madre castradora, y la asesina, para luego suicidarse, presa de los remordimientos? ¿A quién beneficiaría? En cambio, puede hacer un daño

142

terrible a la familia, especialmente a los niños. A los niños les marcaría de por vida. No. No pienso hacer nada.

– Tal vez tenga usted razón.– Contestó la joven.

Ya en el coche, Salima observó el silencio de su compañero. Michael conducía completamente abstraído en sus pensamientos.

– Tú habrías hecho algo ¿verdad? – Preguntó– ¡No te gusta dejar el crimen impune!

– No, no me gusta. Pero aquí ha habido dos crímenes, Salima. Y los dos están impunes.

– ¿Qué quieres decir?

– Mira: el Mal que combatimos, ese Mal personificado en alguien que ya sabes, no ejecuta directamente sus crímenes. Se los hace ejecutar a los demás. Es su típica forma de actuar: seducir, para hacer caer a otros. Los débiles – bien porque sean ambiciosos, ególatras o vanidosos– se dejan llevar con enorme facilidad por las malas inclinaciones... ¡Aunque todos tengamos nuestro talón de Aquiles, y debamos siempre estar vigilantes!

Como habrás observado, hay un personaje que entra y sale de esta historia y va dejando tras de sí una estela de sangre. No ejecuta las ruindades directamente, pero inclina a la gente a ejecutarlas. Estoy seguro de que Ibrahím fue fuertemente influenciado por Tarek Shardif. ¡Y Tarek es tan culpable de la muerte de Ashma como el propio Ibrahím, o más aún! Así como culpable de la muerte del propio Ibrahím. ¿Sabes? Mientras más lo pienso, más creo que tu primo fue utilizado fríamente por Shardif, como "cabeza de turco"... !Ese viaje a Bulgaria y a Turquía! ¡Forma parte de la "pista búlgara" de la cual tanto empieza a hablarse, y que yo encuentro totalmente falsa! Un montaje que no conducirá a ninguna parte.

– Sí...Es probable que tengas razón. Mustasfá y Turia dijeron que no pasaron cinco minutos de su marcha de la casa, cuando sonó el disparo. – La muchacha se estremeció.

– Shardif va a ser detenido; según mis últimos informes, pronto irán por él para interrogarle, si no lo han hecho ya. Está desenmascarado. La CIA tiene bastantes pruebas ya de su deslealtad, como para hacer que le enchiqueren. David me ha dicho que acaba de darse de baja en el ejército, por motivos de salud... ¡Van tras él, Salima, y eso me tranquiliza! Ya no puede actuar en la impunidad. ¡Le hemos quitado la careta!

— Espero que le condenen a muchos años de cárcel...Así se hará justicia con la pobre Ashma.

De repente, Michael hizo una maniobra y entró en un aparcamiento, empezando a buscar sitio para aparcar.

— ¿Adónde vamos por aquí?

— A un hotel. Esta noche, no deseo dormir en el sofá...Mañana cambiaremos mi cama de 80 cts. por una de matrimonio, aunque se reduzca el cuarto a su mínima expresión.— El hombre sonrió, mirándola a los ojos con aquella mirada gris, intensa y llena de luz, que a ella tanto le agradaba—.

— ¡Klaatu! — Susurró— ¿Y si fuéramos por casa a buscar los cepillos de dientes y los pijamas?

— Compraremos cepillos en el hotel, y los pijamas no nos harán falta.

Salima sintió que se ruborizaba y él sonrió, atrayéndola hacia sí:

— Estamos casados ¿te acuerdas?

— Pero en este hotel nos pedirán un comprobante de que somos matrimonio.

— Pediremos dos habitaciones contiguas...Con camas grandes, por favor.

— ¡No hemos cenado!

— Cenaremos en el hotel.

— Veo que tienes respuestas para todo...— Una sonrisa puso una graciosa picardía en el rostro de Salima, y él la besó:

— Te debo la luna de miel.— Dijo sobre su boca.

— No pienso perdonártela.

Cenaron en el Hotel "Days in Washington", un lugar hermoso y asequible a los bolsillos de la clase media, magníficamente situado junto a la Universidad del Distrito de Columbia.

– Michael: – preguntó mientras comían un delicioso pollo estilo Kentucky– ¿Cuándo nos casaremos? También tengo que volverme a bautizar.

– Esperemos que pase el 6 de octubre.

La mirada aterciopelada de los negros ojos, tuvo un destello de alarma:

– ¡No pensarás ir a El Cairo por esa fecha!

– No lo sé. Tenemos que estar preparados para todo; la partida no ha terminado.

– ¡Si tú vas a El Cairo, yo iré contigo!

– Salima: tú no eres agente de la CIA.

– ¡Pero soy tu esposa y tengo que cuidarte! No te puedo dejar solo.

El hombre sonrió con bonhomía, sin dejar de mirarla a los ojos:

– Así que quieres ser mi guardaespaldas...– Dijo, divertido– ¡Dejemos que el tiempo y los acontecimientos nos indiquen lo que hay que hacer!

En la intimidad de la alcoba, por primera vez fueron el uno del otro y Salima comprendió que no se había equivocado al elegir aquel camino y a aquel hombre, en cuyas manos ponía su vida. Comprendió que le amaría siempre, y que jamás querría ser otra cosa que la esposa de Michael Bradford, la madre de sus hijos. Michael lo había comprendido hacía mucho tiempo.

Su noche de bodas se llenó con la grandeza del amor verdadero, porque fue la entrega absoluta de sus cuerpos, pero también la comunión absoluta de dos almas que habían decidido fundirse como una sola. A pesar de su ardiente deseo de poseerla, que ponía en sus sienes el latido de sus pulsos– y hasta en las yemas de sus dedos– Michael comprendió que de su sutileza de aquella noche dependería en gran parte el futuro de sus relaciones íntimas. Salima era virgen y su conocimiento sobre el sexo se limitaba a las alusiones de algunas novelas y películas; cuando él la enlazó entre sus brazos para besarla apasionadamente en los labios, murmuró:

– ¡Michael! ¡Tendrás que enseñarme a amar!

– Si me amas, no necesitas más… !Sólo, ámame mucho!

Fue despojándola poco a poco de la ropa, recreando su vista en la contemplación de la maravillosa escultura de su cuerpo; Salima se apresuró a meterse bajo la sábana, con pudor, y el hombre se despojó de su ropa, para meterse junto a ella: supo que tenía que besarla mucho, derribar con la fuerza de sus besos y caricias el frágil muro que el recato ponía entre los dos. Y fueron sus besos, hondos, lentos, y llenos de cálida intensidad, repartidos por todo su cuerpo, los que derribaron aquella fortaleza: Salima correspondía poco a poco a sus caricias, a sus besos y palabras, cada vez con mayor entrega y pasión, pero también con mayor ternura. Porque había ternura en cada gesto del hombre, que la trataba como si fuera de porcelana y pudiera romperse entre sus manos, y a la vez, había también fuego en su cuerpo, ardor de deseo en sus labios y en sus manos: un fuego contagioso, donde ella estaba deseando quemarse por completo.

Michael volvió a ser el funcionario que rellena papeles en una oficina: sus superiores tenían todos los datos que habían pasado por sus manos. Mas también tuvo que ocuparse de un caso que tenía que ver con su lucha contra las sectas demoníacas: en aquel año, IBM había sacado un modelo de ordenador personal más barato, y más fácil de manejar que los existentes – que eran muy pesados y caros– con lo cual la revolución del mundo informático se amplió rápidamente a niveles populares, y empezaron a circular en Estados Unidos juegos para ordenador, con insospechada rapidez. Algunos, eran realmente ilustrativos y didácticos, además de fascinantes. Una casa editora de video juegos sacó uno – dirigido a jóvenes y adolescentes– titulado "Participa en la fiesta de Satán". Video juegos como aquel no salían al mercado con demasiada frecuencia – la industria estaba naciendo– pero los pocos que aparecían, tenían inmediata aceptación entre los jóvenes: cumplían con su misión, que no era otra que connaturalizar a los adolescentes con la figura de Satanás y todos sus símbolos, como si se tratase de un amigo.

Hacer lo tenebroso, atrayente, lo repugnante, interesante, lo prohibido, codiciable...Satanás se convertía así en un cómplice divertido, y toda la tenebrosidad, lo repugnante, odioso y tétrico, pasaba a ser propio del Cristianismo: los templos eran pintados como lugares repulsivos, la cruz como algo siniestro, comparable a la esvástica...Era un ejercicio de trueque de conceptos, hecho con maligna perversidad. Alguna otra vez había seguido la pista de una producción de estas características, para ver quién o qué estaba detrás de ellas, no obteniendo resultado alguno. Pero esta vez dio con los promotores y pudo demostrar la conexión de los mismos con una secta demoníaca bastante activa, considerada de alta peligrosidad social, lo cual motivó que el video juego pudiera ser bloqueado por la policía.

– Cualquiera diría – dijo a Salima, sonriendo con satisfacción, en medio de su cansancio– que soy un hombre obsesionado por el diablo... Pero estas pequeñas victorias me demuestran que tengo razón en perseguir estas cosas malvadas, que buscan degenerar a los jóvenes.

– Cuando tengamos hijos – le había respondido Salima, alargando sus manos hacia las suyas, para apretarlas con cariño– ¡miraremos muy bien todos sus juegos y lecturas! ¡Nunca creí que el Maligno estuviera tan activo en su afán de hacer daño!

– ¡Oh, ya cuidaremos de que no sea un adicto a estos nuevos video juegos, que tanto auge van cogiendo! Me lo llevaré de pesca, y haremos senderismo, para que se habitúe a estar en contacto con la Naturaleza ¡es mucho más sano!

Continuaban en el pequeño piso de él – puesto a nombre de un pastor metodista– ya comprada la cama de matrimonio, que reducía notablemente las dimensiones de la habitación. Salima asistía a una autoescuela para aprender a conducir, y algunas veces salía con Olivia, para comprar alguna cosa o tomar un refresco de cola con un sándwich en un lugar agradable. Disfrutaba profundamente en su rol de ama de casa: el diminuto piso se limpiaba en un una hora, pero ella se gozaba en los pequeños detalles, como colocar unas flores frescas en la mesa, preparar un exquisito postre, o cenar algún domingo a la luz de unas románticas velas...De vez en cuando, adquiría un vídeo de una película clásica, para verla por la noche en el sofá junto a su marido, con las manos entrelazadas: ya estaba consiguiendo su propósito, de convertir a Michael en un gran cinéfilo. Los sábados, iba con él al gimnasio, y aunque para ella aquello era nuevo, empezó a aficionarse a las paralelas, al potro, y a la bicicleta estática. Los domingos acudían a la iglesia para asistir a Misa, tratando de cambiar de lugar, pues Michael no era aficionado a los desplazamientos rutinarios, y así ella pudo conocer aquellas maravillas de piedra; la impresionaba profundamente la imponente Basílica neo bizantina del Santuario Nacional de la Inmaculada Concepción, situada en el Campus de la Universidad Católica, y también le producían una admiración reverencial la Catedral neo románica de San Mateo Apóstol y, muy especialmente, la bellísima Iglesia de San Patricio, la preferida de Michael, y también la más cercana, adonde acudía una vez en semana para formar parte de la catequesis de adultos. Ya había aprendido mucho catecismo; Michael la instruyó sobre la manera de confesarse, y comulgaba junto a él cada domingo, con el devoto recogimiento propio de los conversos.

Veían juntos las noticias de la noche, y juntos se emocionaron al ir comprobando la milagrosa recuperación del Papa Juan Pablo II: vieron con un nudo en las gargantas la visita del Pontífice a Fátima, en clamoroso olor de multitudes, para dar gracias a la Virgen por su intervención en pro de su salvación, pues su vida había estado en el filo de una navaja...

– Ella lo salvó, Salima. Y ahora, este Pontífice tiene ante el mundo y ante los jóvenes, más predicamento aún, por su aureola de santidad y martirio. ¡Las fuerzas del Mal no han podido con él!

La mujer apretaba en silencio la mano del hombre, recordando lo pasado en la Plaza de San Pedro, cuando los azules ojos del Papa se fijaron amorosamente en los suyos, segundos antes del atentado, produciendo una honda conmoción en su alma. Juan Pablo II no sólo se había salvado milagrosamente, sino que habría de ser el personaje más amado y respetado del siglo XX: su acercamiento a la juventud del mundo entero – constatado en las grandes concentraciones de las JMJ– era algo insólito y novedoso, y su defensa a ultranza de la vida – desde su concepción hasta su fin natural– calaron hondamente en la sociedad, en los años venideros. También fue decisivo su aporte al desplome del férreo imperio forjado por el comunismo en más de media Europa, imperio donde el ateísmo se imponía por fuerza, y la libertad del individuo se eliminaba de raíz. Una vez más, los planes de Lucifer fueron torcidos por la mano de Dios.

Vivían como cualquier matrimonio joven, como cualquier pareja de recién casados, pero había algo, en el fondo, que le daba a sus vidas un sello de provisionalidad: como si ambos supieran que estaban esperando algo que no podían eludir; algo que tenía que ver con ellos y no les permitía bajar la guardia: así como el cercano fragor de la guerra no permite al guerrero disfrutar del reposo.

Tarek Shardif no pudo ser detenido. Cual si alguien le hubiera dado un soplo, desapareció poco antes de que los agentes pudieran detenerle. La búsqueda de las fuerzas de seguridad fue infructuosa: aquel hombre se había esfumado como si se lo hubiera tragado la tierra.

La situación mundial era muy complicada; la invasión de la Unión Soviética sobre territorio afgano centraba la atención del mundo, pues avanzaba y se afianzaba la URSS en su afán imperialista y colonizador, como opresora potencia que deseaba blindar sus fronteras e imponer por la fuerza su ideario marxista. Occidente veía con alarma aquella expansión, y especialmente en peligro se sentían Pakistán e India. Estados Unidos, a la cabeza de un Occidente que deseaba parar los pies a la URSS, buscaba aliados por todas partes. Aliados que el día de mañana podrían volverse contra ellos y contra todo Occidente, porque había entre los mismos una fuerte corriente de fanatismo religioso anti occidental. Pero en aquel momento, lo vital y urgente era detener el avance soviético, y que no pudieran anexionarse para siempre a aquella inmensa nación, tan estratégicamente bien situada.

En Egipto, el presidente y primer ministro, Annuar El Sadat – sucesor de Nasser y Premio Nobel de la Paz, compartido con el israelita Menahem Begín por los acuerdos de Camp David– se esforzaba en una política social de erradicación de la pobreza en las grandes zonas urbanas, como la propia capital del Estado, El Cairo, donde la pobreza es endémica desde tiempos inmemoriales. Pero hasta ese empeño suyo era recibido con hostilidad por los llamados "Hermanos Musulmanes", facción no muy numerosa en Egipto de musulmanes ultra radicales, pero que se hacía notar a base de algaradas y protestas, y que cada día ganaba más adeptos, por ejemplo y contagio del régimen teocrático de Irán. Los manifestantes extremistas amenazan con boicotear todas las decisiones del Gobierno egipcio y el 6 de Septiembre Sadat hace un duro reproche a la escasez de patriotismo de esta facción fanática, pero la contestación continúa, radicalizándose cada vez más. El Presidente y Primer Ministro de Egipto comprende que se trata de una minoría vociferante, que no aglutina el grueso de la opinión pública egipcia. A fin de dejar al descubierto su escasa implantación real, Sadat convoca un Referéndum el día 10 de ese mismo mes, para aprobar todas sus medidas político–económicas, que es ganada por el Gobierno ampliamente, con un 99 % – lo cual deja al borde del ridículo a los vociferantes radicales islamistas–.

Estas noticias confirman al joven matrimonio que las baterías extremistas de los fanáticos musulmanes, apuntan, efectivamente, al rais, pero también se los confirma a los propios egipcios: Sadat triplica y mejora su "guardia de corps", de forma que únicamente pueden acercarse a él sus hombres más probadamente leales.

David Mansfield se puso en contacto con Michael Bradford el 1 de Octubre:

– Se ha localizado una pista de Tarek Shardif: en Egipto. Está allá, Michael, y ahora se hace llamar Khaled Sira. Tiene cómplices entre los Hermanos Musulmanes, que lo esconden. Ha vuelto a darles esquinazo a los agentes de la policía secreta egipcia. Quieren que vayas, tú le conoces personalmente; eres de los pocos que le han visto cara a cara.

– ¡Yo iré contigo! – Exclamó, fogosa, Salima. El hombre posó ambas manos sobre sus hombros:

– No, Salima; no puede ser. Es una misión a la cual debo ir solo.– Dijo con autoridad. Los ojos de la muchacha se llenaron de lágrimas:

– ¡No podré sosegar una sola hora, ni dormir una sola noche, pensando que vas a enfrentarte con ese demonio!

– Estaré rodeado también de compañeros. Tu presencia no haría sino complicar las cosas. Necesito de tus oraciones, lo sabes. Serán mi mejor escudo. Quiero que vayas a vivir con Olivia.

– ¡Iré a Misa todos los días, y rezaré el rosario! – Dijo ella, colgándose de su cuello con ambos brazos.

– ¡Buena chica!– Michael besó sus cabellos, que empezaban a crecer, ligeramente rizados alrededor de su cabeza, dándole un marco de mayor belleza a su rostro gracioso, de frente en forma de corazón.

Michael tomó el avión para El Cairo el día tres de octubre. Ese mismo día, por la tarde, Salima debía recoger sus cosas y trasladarse al piso de Olivia. Pero ese mismo día también, alguien deslizó un sobre blanco por debajo de la puerta de la vivienda del matrimonio Bradford: Salima no lo vio hasta algo más tarde; estaba preparando una bolsa de mano con lo más necesario para trasladarse a la casa de su cuñada. Sus ojos quedaron fijos en el sobre y lo cogió apresuradamente: venía dirigido a ella, con unas letras a todas luces hechas con una planilla de rotular, con un rotulador negro.

Extrajo nerviosamente la hoja de papel de su interior y la desplegó: era un dibujo. Un dibujo hecho también en negro, que representaba toscamente dos altas construcciones, vistas de frente, que claramente reproducían la entrada del templo de Karnak, envuelto en llamas; varias construcciones más pequeñas, alrededor, patentizaban la relevancia sobresaliente del lugar.

Salima sintió su corazón darle como un golpetazo dentro del pecho:

– ¡Son los templos, no es Sadat! – Se dijo con súbita convicción– ¡Van tras la ruina económica de Egipto! ¡Quieren sumirlo en la pobreza, para apoderarse más fácilmente del país! ¡Y tienen la desfachatez de decirlo claramente, para aterrorizar...pero yo ya lo sospechaba! ¡Estoy segura de que ha sido él, Shardif...!

David Mansfield examinó de nuevo el sobre y la hoja de papel, que habían pasado por el laboratorio. Su rostro de querubín estaba contraído por la preocupación:

– No hay más huellas dactilares que las tuyas, Salima...El que lo hizo llevaba guantes. Un trabajo muy profesional: papel barato, del que se vende a miles para hacer fotocopias, marca Navigator...Un rotulador AD Marker de punta fina, de los que se expenden en todas partes, y una planilla de rotular de plástico, para uso escolar, igualmente común. Ni una señal, ni una huella...El trabajo fue hecho con la mano izquierda, por un ambidextro.

– Lo hizo el mismo hombre que realizó las pintadas en la Iglesia profanada de Tel Aviv, estoy segura.

David tenía copia de las fotos hechas entonces por Michael; las extrajo de un cajón cerrado con llave y las compararon:

– En ambos casos, son dibujos muy toscos, Salima...En la pintada de Tel Aviv, las edificaciones parecen más estilizadas que estas... Mira bien: en la foto de Michael no se ve esta diminuta puerta, entre las dos torres.

– Es la puerta de entrada al templo. Creo que es Karnak.

– Pero Karnak no está propiamente en El Cairo, sino en Luxor ¿no?

– Eso pudo ser un error, propio de mi primo Ibrahím, al trascribir lo que le decían por teléfono. La lógica entrada para Egipto, al que va por avión, es El Cairo. Y puso "El Cairo", como podría haber puesto "Egipto". Estaba muy nervioso cuando tomó esas notas en su libreta; se sujetaba el teléfono con el hombro, y le temblaban las manos.

– Es posible…!Pero también es posible que hayan dejado este dibujo en tu casa, para despistarnos! Para que creamos que el atentado terrorista va a tener lugar en Luxor, un sitio distante de El Cairo.

– Se trata del segundo lugar más visitado por el turismo, después de las pirámides y la Esfinge. Los templos de Luxor y de Karnak. ¡Destruir los templos significaría una gran ruina para Egipto!

– Lo sé. Pero ¿por qué avisarnos de sus intenciones?

La chica ladeó la cabeza, pensativa:

– ¿Para darnos más quebraderos de cabeza? ¿Para que se debilite la vigilancia, al tener que repartirla entre más supuestos objetivos?

– Esos templos siempre están vigilados. – David suspiró: – Ahora lo estarán más, si es posible. También Sadat está ahora mucho mejor vigilado; es prácticamente imposible acercarse a él, sólo su gente de mayor confianza. No podemos hacer más, Salima.

– ¡Yo sí! Michael y yo somos los únicos que hemos visto a ese hombre a la cara. Y donde está él, hay sangre. Voy a ir a Egipto, y como hice con Michael en el Vaticano, mantendré los ojos muy abiertos. Hay dos puntos amenazados: Sadat, en El Cairo, y Luxor. Michael no puede estar en dos sitios a la vez…ni Shardif tampoco. Michael está en el Cairo: yo estaré en Luxor, y si veo a ese hombre, daré la alarma.

Una nube de preocupación pasó por el rostro de su interlocutor:

– ¡No creo que sea acertado, en absoluto! ¡Tú no puedes hacer tampoco nada, y en cambio correrás un gran peligro! Es cierto que conoces a Shardif – ahora es Sira– pero ¡él también te conoce a ti! No…– Vaciló– No… !Estoy seguro de que

Michael no lo aprobaría!

Pero Salima había tomado una decisión: no consiguió billete de avión para El Cairo hasta el día cinco por la madrugada. Y sin escuchar las protestas de Olivia, embarcó.

Salima se había exprimido los sesos pensando en alguna manera, primero, de comunicarse, segundo: de defenderse. Para comunicarse había pensado en unos revolucionarios aparatos que podían llevarse en el bolso y eran a la vez como radios y teléfonos, con su propia antena: sabía que existían, y en los sitios donde consultó los llamaban "motorolas" – a un precio muy elevado, se podían adquirir, y llevar encima, aunque eran bastante pesados– ella tenía conocimiento de que la policía los llevaba en sus coches y algunos grandes empresarios, en sus maletines. Pero no le fue posible dar con la manera de hacerse con una de aquellas "motorolas", pues tenía muy poco tiempo. Para defenderse, no tuvo otra ocurrencia que adquirir petardos en una tienda de pirotecnia: cuando era niña, en Egipto, vio alguna vez como los niños del barrio se divertían lanzando ruidosos petardos. Adquirió el clásico petardo cilíndrico, semejante a un cigarrillo, con una mecha.

No pensaba buscar a Michael: él tendría bastante quehacer en El Cairo, y estaba segura de que desaprobaría su viaje y querría hacer que se regresase a Washington, o que se quedase en el hotel. De forma que se dispuso a dormir y salir muy temprano hacia Luxor, como una turista más. Ya no era "temporada alta", pero para visitar Egipto el otoño es buen momento también, por su clima; se trata de un país que siempre recibe grandes cantidades de turistas, en toda época del año.

No había vuelto a Egipto, desde los ocho años. Ashma nunca quiso hacerlo, por resentimiento contra Nasser. Con ella había viajado, pero por el interior de los Estados Unidos. Recordaba nítidamente su niñez; sus primeros años en una vivienda grande y encalada del barrio de los ingenieros (su abuelo lo era) llamado Mohandessin, del distrito de Giza: casa con azulejos de colores en las paredes y con un hermoso patio donde ella jugaba a saltar a la comba. Se había adaptado a Estados Unidos y lo amaba, pero nunca había dejado de amar también a Egipto. No pudo evitar emocionarse profundamente cuando puso el pie en su suelo, después de tantos años.

Fue directamente al "Nile Season Hotel", situado a pocos metros del Museo y con una maravillosa vista sobre el río. Se registró con su nombre de soltera, con dos ligeras variaciones: "Selima Barek" en vez de Salima Barak. Después de ducharse, encargó por teléfono que le subieran la cena al dormitorio; no quería exhibirse en el comedor. Y tuvo buen cuidado de cerrar luego puertas y ventanas, y arrimar una cómoda contra la puerta, para evitar que alguien pudiera entrar mientras dormía. Ya en la cama, rezó el rosario con devoción, con ayuda de un libro de oraciones, pidiendo fervorosamente la protección de Dios...con cierta inquietud de conciencia, por estar haciendo algo – por primera vez– que Michael hubiera desaprobado.

Las avenidas céntricas de la ciudad estaban engalanadas con banderas egipcias y las tiendas lucían en sus escaparates flores, banderas, y fotografías del rais, Sadat. A las diez de la mañana comenzaría el gran desfile militar conmemorativo del paso victorioso de las tropas egipcias hacia el Sinaí, durante la guerra–sorpresa del Yom Kipur en 1973.

Salima salió en autocar, con un reducido grupo de turistas, hacia Luxor.

Michael no pudo recibir el telegrama de David Mansfield avisándole de la llegada de Salima– porque estaba ausente del Hotel cuando llegó el mismo, y no podían dar con él.

Desde las nueve se había dedicado a pasearse por el centro de la ciudad, vestido con una chilaba a franjas verticales marrones y negras, y un rojo fez sobre la cabeza: ya en los alrededores y luego dentro del estadio Medinet Nasr, observaba con disimulada atención los dispositivos de seguridad, muy especialmente en la tribuna – y sus alrededores– donde habría de sentarse el rais, acompañado de otras autoridades. Nunca había visto medidas de seguridad semejantes, y se alegró por ello. Todo el camino, por donde el presidente habría de venir, estaba vigilado por hombres armados, del Ejército egipcio – que adoraban a Sadat– algunos, con perros policías de fiero aspecto. Pudo percatarse de la presencia dentro del estadio de muchos miembros de la policía secreta, pues su experiencia le hacía reconocerles, por sus movimientos o forma de mirar. Iban vestidos de civil y mezclados entre el público, tan atentos como él mismo, a cualquier contingencia. Nadie podía acercarse demasiado a la tribuna del presidente: una barrera infranqueable de gente armada, lo impedía. Michael observaba los rostros de los hombres mientras se paseaba, despacio...buscando algo sospechoso, o el rostro perfecto de fríos ojos azules que tan bien conocía.

El Presidente llegó, entre el clamor enfervorizado de la multitud. Muy cerca de él se encontraba Mubarak, el vicepresidente. Michael había logrado colocarse lo más cerca que le dejaron, de la tribuna presidencial. El sonriente Annuar El Sadat saludó con un brazo en alto, antes de tomar asiento. El desfile comenzó a las diez y cuarto: estaba previsto que durara hasta las doce y media, aproximadamente, pues también harían varias pasadas los aviones de las Fuerzas Aéreas egipcias, dejando una estela de colores tras de sí. Las Fuerzas Armadas egipcias se habían convertido en un poderoso ejército moderno, con todo tipo de vehículos de última generación; estaba previsto que primero desfilaran las tropas a pie – y también a caballo– para dar paso luego a los motorizados; los aviones habían empezado ya a exhibir su pericia, con gran ruido y no poca vistosidad. Todo el mundo levantaba la cabeza cuando pasaban las escuadrillas...menos Michael, y menos los hombres dedicados a la seguridad, miembros de la policía secreta y de la guardia personal de Sadat, pues sabían que aquella distracción y aquel ruido, podía favorecer que alguien intentase romper el cerco de protección para acercarse al rais. Michael llevaba su arma en la sobaquera. Miró con atención – lo mejor que podía, a aquella distancia– el rostro moreno y satisfecho del hombre que obtuviera un premio Nobel de la paz por su histórico acuerdo con Israel...y que también había sido públicamente condenado a muerte por los radicales islámicos – y por autócratas mandatarios no menos peligrosos, como el libio Gaddafi– ¡precisamente por haber alcanzado esa paz histórica! Y también, por haber dado asilo al denostado y enfermo Sha de Persia, cuestión que Jomeini no le perdonaba. Mohamed Reza Pahlevi había muerto finalmente en El Cairo, tras un penoso peregrinar, ya que nadie se atrevía a darle asilo definitivo por temor a las represalias de los fundamentalistas islámicos, regidos espiritualmente por Jomeini: Sadat no sólo se había atrevido, desafiando al fanatismo y al odio imperantes entre los países árabes, sino que le había organizado un funeral de rey, cuando falleció víctima del cáncer que había estado corroyéndole durante el último periodo de su vida.

El KGB y el camarada Yuri Andrópov también estaban interesados en la desestabilización de Oriente Medio, y muy especialmente deseosos de enconar nuevamente las cosas contra el Estado de Israel. Deseaban un Egipto enemigo de Israel, de Estados Unidos y de las potencias occidentales. Si Egipto – que controlaba el paso del Canal de Suez, desde la guerra homónima– cayese en manos de los musulmanes más radicales y fanáticos, Inglaterra, Francia y los Estados Unidos – así como Israel– lo iban a pasar muy mal...No tenían motivos, ningún motivo, para desear nada bueno al líder egipcio que conquistara un premio Nobel por sus acuerdos pacificadores.

El desfile triunfal de aquella conmemoración histórica, estaba llegando a su término sin que pasase nada que alterase la paz de una festividad celebrada con gran júbilo.

Salima descendió del autocar, en Luxor, junto con los otros turistas, que en su mayoría eran británicos. El guía nativo, vestido con un traje blanco, les iba señalando el camino en un inglés un poco macarrónico. La muchacha se fue alejando del grupo y acercándose al pórtico doble del gran templo de Karnak, preguntándose cómo sería posible hacer que las llamas lo envolvieran: no imaginaba otra forma verosímil de destruir aquella piedra milenaria, que no fuera por medio de explosivos. En la realidad, la entrada del gran recinto – una puerta pequeña y techada, entre las dos colosales construcciones de los lados– se veía bastante mejor, más nítidamente, que en el tosco dibujo que le enviaran, pero no dudaba de que aquel representaba a este lugar, con toda certeza. Fue dando la vuelta lentamente a las dos macizas construcciones, de una belleza extraordinaria, para ver si veía algo anormal en ellas; buscaba una mecha alrededor de las mismas, pues pensaba que, rodeándolas con una mecha, alguien, a cierta distancia, podía hace explosionar un artefacto que estuviese semi enterrado por ahí. A tal punto llegó su afán por investigar si las moles estarían rodeadas por una mecha, que llegó a agacharse junto a una de ellas y a escarbar al pie de la misma, con los dedos. Inmediatamente un hombre vestido como cualquier paisano egipcio, se situó junto a ella y le dijo en inglés, con tono autoritario:

– Señorita, está prohibido hacer eso; no puede tocar los monumentos ni mucho menos escarbar; podría ponerle una multa.

Salima se puso de pie y miró al hombre, que era moreno y fornido, maravillándose de aquel dispositivo de seguridad: nadie habría dicho que ese hombre era un policía, pero lo era. La joven sonrió con aquel encanto característico de su sonrisa:

– Hablo su idioma. – Dijo en árabe– Y lo siento, no quería hacer nada prohibido; fue simple curiosidad.

El hombre pareció ablandarse:

– Está bien. Pero en adelante tenga cuidado, las normas de conservación son muy estrictas.

Se alejó, caminando despacioso, como si fuera un turista mas...

Salima iba vestida de manera deportiva: con zapatos

planos (por si tenía que correr) pantalones "blue jeans" y un blusón de manga corta y cuello camisero, color "beige", para no llamar la atención con colores estridentes. Sobre la cabeza se había colocado un pañuelo de seda azul desvaído, atado en la nuca, que sujetaba más firmemente con las patillas de unas grandes gafas de sol. El bolso, marrón, era de tipo "carriel" y lo llevaba colgando a bandolera. No era fácil reconocerla ataviada de aquella forma. Sin embargo, ella diría que el hombre alto que venía tras ella mientras recorría, despacio, el templo principal, sí la había reconocido. Lo sentía caminar cuando ella caminaba, y detenerse cuando ella se detenía. Era un hombre alto y moreno de piel, vestido a la manera occidental, con una guayabera blanca y pantalones de hilo color "crudo". Cubría su cabeza con una gorra de visera azul marino y se veía que era mayor, pues su pelo – abundante y algo largo– era gris. Cubría sus ojos con gafas de sol y portaba una máquina fotográfica colgando del cuello, sobre su pecho. No pudo verlo más que de reojo.

– ¡Me está siguiendo! – Se dijo la muchacha con repentino convencimiento. Súbitamente se detuvo, como para admirar los dibujos tallados en la piedra, y volvió la cabeza con brusquedad. Quedó sorprendida al no verlo. ¿Dónde podía haber ido, tan de repente? ¿Se había escondido? Karnak no es sólo un templo, sino un conjunto de templos o capillas alrededor del de mayor envergadura, con un obelisco exterior y otro interior: el exterior se conserva enhiesto. Había muchas esculturas y muros tras de los cuales esconderse. Salima extrajo de su bolso uno de los petardos y un mechero. Sin observar el orden del pequeño grupo de turistas que seguían al guía, la muchacha se separó de ellos, volviendo sobre sus pasos, hacia la explanada. Aquella parte estaba ahora más solitaria.

En El Cairo, tocaba el turno de desfilar a los tanques, carros de combate y camiones. Por el aire, pasaban a la a vez, con gran estruendo, las últimas escuadrillas.

Un camión se detuvo en medio del lento paso procesional

del desfile, ante la tribuna presidencial. De él descendieron cuatro hombres uniformados: Sadat se puso de pie, cual si fuese a corresponder a un saludo militar. Michael se sintió alerta, pero no tuvo tiempo de nada, pues uno de aquellos hombres empezó a lanzar granadas contra la tribuna y los otros tres comenzaron a disparar sus armas contra las primeras filas, indiscriminadamente: un fuego graneado que terminó de sembrar el caos, en medio de la más terrible sorpresa y pánico.

Una bala pasó rozando la cabeza de Michael, que había saltado hacia adelante de forma casi mecánica. A su lado, gritos y confusión, bajo el ruido producido por los aviones. La guardia personal y la policía secreta tardaron unos segundos en reaccionar, pero fueron tras los criminales y lograron detenerles. Aquel día hubo treinta y ocho heridos – algunos, de extrema gravedad– y cinco muertos: uno de ellos fue el rais, Annuar El Sadat.

No eran los verdaderos militares – excepto uno– que debían de desfilar aquel día, sino fanáticos islamistas que suplantaron a los auténticos con habilidad rocambolesca. El chófer del camión militar no era de los conjurados: le obligaron a detenerse delante de la tribuna, poniéndole una pistola en la sien.

Michael se percató de que el rais iba muy mal herido, cuando a toda prisa le retiraron las asistencias. Furioso y angustiado, miró en derredor como buscando: no podía concebir que no anduviese por allí aquel demonio, para reírse de su triunfo. Pero no le vio. La confusión era inmensa, por todos lados le empujaban, los gritos atronaban el aire…Abatido y derrotado, Michael se encaminó a la salida del estadio Medinet Nasr, tratando de no ser arrollado por la multitud, aunque ya las fuerzas de seguridad estaban empezando a controlar el caos.

Al llegar a su hotel, un empleado – pálido hasta la boca y con manos temblorosas: seguramente había visto por televisión el terrible atentado– le entregó un telegrama:

– Llegó temprano, pero no pudimos dar con usted.

Era de David:
"SALIMA EN EL CAIRO, DIRECCIÓN LUXOR, KARNAK. NILE SEASON HOTEL"
Lanzó una imprecación y se guardó el telegrama en el bolsillo. A grandes zancadas se dirigió al teléfono de recepción:
– ¡Póngame con el "Nile Season Hotel!" – dijo a la telefonista.
– ...Querrá usted decir, la señorita Selima Barek.– Le corrigió el recepcionista que atendió a su llamada.
– ¡Sí, esa misma; necesito hablar con ella!
– Lo siento, señor. Salió en autocar para Luxor muy temprano.
Michael se encaminó al "parking" del hotel: había alquilado un automóvil para los días que estuviese en El Cairo, pero hasta entonces no tuvo que utilizarlo ni una vez.

Salima vio al hombre de cabellos grises, a lo lejos. Valientemente, fue hacia él. No era un acto de coraje ni de consciente valor; de haberse parado a pensar, no lo habría hecho. Pero algo se había encendido dentro de su mente, como una luz roja, una señal de alerta; una alarma que sólo le dijese una palabra, de forma incesante y machacona, no dejándola pensar en nada más:
"¡PELIGRO!" "¡PELIGRO!" "¡PELIGRO!"
El hombre se había quitado las gafas negras y alzó la vista para mirarla: a la radiante luz del sol africano, sus ojos azules parecían casi blancos, como canicas de cristal.
La muchacha se dio cuenta de lo que tenía en la mano: una granada. Y estaba ahí, dispuesto a tirarla contra el templo.
Sin pensar en las consecuencias, la joven accionó el mechero y encendió la mecha del petardo, lanzándolo hacia los pies del hombre que conocía como Tarek Shardif: él se dio cuenta de su movimiento y tuvo la rapidez de reflejos suficiente como para arrojar lejos de sí la granada: fue un acto defensivo, pues no quería que aquel cartucho – cuya potencia explosiva desconocía– le alcanzase con la granada aún en la

161

mano. No había retirado la espoleta, y la granada cayó muy cerca de Salima, mansamente. El petardo en cambio cayó a los pies del hombre y estalló con estruendo, quemándole la puntera de los zapatos. Un rumor de voces airadas y gritos de sorpresa se levantaron en torno a ellos, a cierta distancia.

Un gesto de rabia desfiguró la belleza del rostro masculino. Vaciló, entre recoger la granada para volverla a tirar contra la gente que venía, o apresar a Salima entre sus brazos y obligarla a ir con él, o simplemente huir...La gente que acudía hacia ellos y los gritos de Salima pidiendo socorro – la joven se había vuelto hacia el templo y echado a correr– le hicieron optar por la huida en solitario; un arma de fuego que vio refulgir al sol, en la mano de un policía de paisano, le terminó de disuadir por esta opción.

Salima gritaba en árabe, a todo pulmón, mientras corría hacia el templo:

– ¡Ese hombre quería tirar una granada al templo! ¡Hay una granada de mano en el suelo!

Tarek Shardif corrió hacia su automóvil, que tenía aparcado en el lugar preceptivo, no a mucha distancia, perseguido por dos hombres pertenecientes a las fuerzas de seguridad. Un tercero, recogió la granada del suelo para desactivarla lejos de allí, por medio de una explosión controlada.

Tarek Shardif puso en marcha su coche – un Fiat 131, blanco– y se lanzó hacia la carretera a toda velocidad. Le siguieron dos hombres en otro coche.

Enfiló la carretera hacia El Cairo, no muy ancha, pero magníficamente asfaltada, mirando de vez en cuando por el espejo retrovisor y apretando el acelerador. El coche que le seguía parecía un simple utilitario...pero no lo era. El pequeño Volkswagen era un automóvil de la policía, con un motor de mucha mayor potencia que lo que su aspecto exterior dejaba suponer. Se dio cuenta de que sus perseguidores le darían alcance...Un disparo sonó en el aire, y Tarek se percató de que el propósito de aquellos hombres era darle a una de sus ruedas. Rebajó la velocidad y esperó a tenerles más cerca; entonces extrajo algo de la guantera, se lo llevó a los dientes y, asomando por la ventanilla impulsó su brazo derecho hacia atrás; una bala le pasó rozando, pero no le dio...

Michael había enfilado la carretera hacia Luxor a una velocidad casi suicida, rogando a Dios que no le detuviera ninguna patrulla de la policía. Pero no se veían por la carretera; en realidad, casi no se cruzó con nadie: lo sucedido en El Cairo seguramente había paralizado la ciudad. Ya estaba llegando a su destino cuando vio venir hacia él un Fiat 131, de color blanco; no había hecho más que mirarlo con sobresalto cuando algo estalló tras aquel coche que casi invadía su carril: una nube de fuego se unió al espantoso estruendo, y algunos trozos de metal cayeron sobre su carrocería. El Fiat blanco pasó como una exhalación por su lado en dirección contraria, y Michael maniobró bruscamente, con un rechinar de frenos, para dar la vuelta e ir en su persecución; atrás quedaba una masa incandescente, un amasijo de hierros retorcidos que debió de ser un coche, pero no se detuvo a averiguarlo: ahí no podía quedar nadie vivo. Y él había reconocido el rostro del conductor del Fiat blanco.

Salima explicó a un miembro de seguridad lo que acababa de ver y el hombre le tomó los datos del pasaporte y la dirección del hotel donde se hospedaba. Una vez pasado el cercano peligro, se notaba mucho más alterada y nerviosa. Quería saber si los policías lograrían dar alcance a Tarek Shardif... Para que la dejaran en paz coger el autocar junto a los otros turistas – que, asustados, habían decidido regresar al hotel– fingió que la acometía un vahído y algunas señoras inglesas se apresuraron a atenderla. Una le mojó las sienes con un pañuelo empapado en agua de colonia, y otra le ofreció agua fresca en un minúsculo vaso de metal. La muchacha fue introducida en el autocar: ya se había difundido entre aquellas personas, confusamente, la noticia del atentado que acababa de ocurrir en la capital, pero nadie podía suponer aún la gravedad del mismo, ni mucho menos, la muerte del rais, que no fue anunciada hasta mucho más tarde. El conductor del autocar, con el rostro alterado por la preocupación, puso la radio nada más arrancar, y subió el volumen. Los turistas no entendían qué pasaba realmente, pero Salima escuchó con horror la noticia del atentado y se sintió desfallecer...El locutor hablaba de muchos heridos, y ella pensó en Michael: con los ojos llenos de lágrimas, empezó a rezar desesperadamente.

Michael perseguía al coche blanco de forma implacable; ambos iban a una velocidad temeraria. A Tarek Shardif ya no le quedaban en la guantera más granadas de mano, por eso no pudo arrojar ninguna contra su nuevo perseguidor. Michael no podía reducir la distancia que les separaba: los dos coches eran de parecida potencia. En un cruce de carreteras, una patrulla de la policía hizo su aparición, con un ulular de ruidosas sirenas; Tarek Shardif quiso esquivar el encuentro y dio un golpe de volante para cambiar de dirección; fue un viraje tan violento que el coche se puso sobre dos ruedas laterales y dio una vuelta sobre sí mismo hasta volcarse totalmente, quedando con los neumáticos hacia arriba, girando enloquecidos. Michael frenó con tal brusquedad que su cuerpo se proyectó hacia adelante y se hizo una pequeña brecha en la frente con el espejo retrovisor, pero no se dio ni cuenta. Un hilillo de sangre empezó a correr por su sien hacia abajo, manchándole el cuello de la camisa. Ya no vestía la chilaba, que estaba hecho un rebujo sobre el asiento trasero. Bajó del coche al tiempo que lo hacían los dos policías de la patrulla. Estos habían sido avisados por los otros agentes: los que iban en el coche siniestrado.

Los tres hombres se aproximaron al coche volcado para ver si estaba con vida el conductor ¡y entonces observaron un fenómeno impactante, que les dejó sin habla! El hombre que estaba tumbado sobre el volante – que parecía muerto, pues no se movía– comenzó a arder como una tea, como por combustión espontánea.

Uno de los policías, asustado ante un hecho que jamás había contemplado, gritó:

– ¡Atrás! ¡Esto puede explotar! – Y, con ambos brazos abiertos para empujar a los otros dos, retrocedieron los tres hasta donde estaba situado el coche radio–patrulla.

Dos columnas de humo negro y espeso empezaron a salir por las ventanillas del automóvil volcado, cuyas ruedas seguían girando, y un extraño olor impregnó el ambiente. Los tres se parapetaron tras el coche policía cuando una llamarada repentina envolvió al vehículo, que no tardó ni dos minutos en explotar: de forma casi mecánica, los tres se habían agachado. La explosión les sobrecogió, y trozos incandescentes cayeron por todos lados; algunos, rompieron los cristales de las ventanillas de los otros dos coches, aparcados cerca.

El policía que estaba al lado de Michael, lanzó una exclamación, invocando a Alá. Cuando se irguieron, vieron que el automóvil siniestrado ardía íntegramente, quedando reducido a un montón de hierros retorcidos. De pronto, Michael sintió una angustia indecible: tan fuerte fue la ansiedad que le acometió, que tuvo que sujetarse al techo del vehículo, para no caer.

– ¿Qué le pasa? – Le preguntó uno de aquellos hombres – ¡Está usted herido, tiene la camisa empapada de sangre!

– No es nada…Dígame: ¿Está seguro, están seguros los dos de que no iba nadie con él en el coche?

– No vimos a nadie…no había nadie más que él ¿por qué lo pregunta?

– Podía haber alguien encerrado en el maletero, un rehén…–

Los policías le miraron con curiosidad:

– ¿Quién es usted y quién era ese hombre, lo sabe? ¿Por qué causa iba usted persiguiéndole? – Preguntó el agente de más edad.

Michael creyó llegado el momento de identificarse. Sacó de su cartera, que llevaba en el bolsillo trasero del pantalón, una credencial.

– Servicio Secreto de los Estados Unidos. Ese hombre se llamaba Tarek Shardif, aunque la última vez que entró en Egipto lo hizo con el nombre de Khaled Sira. Era un prófugo de la ley, un hombre muy peligroso y buscado. Vine a Egipto tras él. Mi pregunta obedece a que...– Vaciló– Hay una mujer; una mujer que trabaja conmigo. Temo que haya podido cogerla de rehén, y obligarla a entrar en su coche: ella estaba esta mañana en Luxor.

Cuando vio las credenciales de Michael, el policía de más edad – que ahora llevaba la voz cantante– pareció impresionado.

– No había nadie más en el coche, señor. Si estaba atada o encerrada en el maletero, ya nadie puede saberlo. Tenemos que hacer el atestado; usted ha sido testigo de todo.

El agente más joven, que seguía intensamente pálido, añadió:

– Usted vio de qué manera tan extraña entró en combustión, por sí mismo...

– Pudo ser un suicidio, Shamir. Al verse perdido, pudo echarse gasolina encima y prenderse fuego, a lo bonzo.

– ¡Estaba inconsciente!

– No es bueno fantasear. Este señor está herido, no para de sangrar: necesitará un par de puntos de sutura; el golpe debió de romper un vaso sanguíneo. Terminemos el atestado y vayamos a dar parte.

– Yo no voy a El Cairo. Vuelvo a Luxor, a Karnak. Tengo que encontrar a la mujer que les he dicho. Una pregunta, agente: ¿Cómo aparecieron ustedes tan providencialmente?

– Muy sencillo. Nuestros compañeros nos avisaron, iban siguiendo a este hombre: intentó tirar una granada al templo de Karnak. Algo debe haberles sucedido a los otros, pues no han aparecido.

– Están muertos. Vi como su coche explotaba ante mis ojos. Seguramente les lanzó una granada; ya les he dicho que era un criminal muy peligroso.

El agente parpadeó:

– Ya lo veo. – Dijo, impresionado– Si llevaba granadas en

la guantera, no es extraña la explosión. Usted perdone, señor, pero estamos a un paso de El Cairo; debe curarse esa herida, está sangrando como un cordero degollado.

Michael se había aplicado un pañuelo sobre la pequeña, pero profunda herida, y este estaba tiñéndose de rojo.

– No. Yo vuelvo a Luxor.

Hizo ademán de irse hacia su coche cuando un autocar apareció en la carretera; venía a una velocidad endiablada. El agente más joven, visiblemente nervioso, le dio el alto subiendo un brazo y tocando su silbato. El conductor frenó bruscamente y se escucharon las airadas protestas de los viajeros.

– ¿Está usted loco, o es un irresponsable? – Bramó el agente de la ley– ¿Cómo puede ir a esa velocidad, llevando un autocar de turistas?

El conductor asomó el lívido rostro por la ventanilla; su alteración nerviosa era evidente:

– ¡Lo siento, agente, le juro que lo siento! Un demente ha querido lanzar una granada contra el gran templo! !Y unos agentes que iban tras él han tenido un terrible accidente; he visto en la carretera el coche, calcinado! ¡Creí mi obligación ir a El Cairo a dar parte! Además, he tenido noticias de un atentado…

Michael se había aproximado al autocar, con cierta esperanza…Salima vio entonces al hombre alto, que se tapaba la sien con un pañuelo ensangrentado:

– ¡MICHAEL! – Gritó– y bajó del autocar a la carrera. La muchacha se echó literalmente encima de su marido, quien la apretó con fuerza, con un brazo, contra su pecho.

– ¡Salima! Llegué a pensar…Pero estás bien ¡Estás bien!

– ¡Tú estás herido! ¡Vamos hacia El Cairo, a un hospital!

– No es nada, tendrán que darme un par de puntos.

– ¿Por qué huele a azufre? ¿Qué ha pasado?

La joven giró el rostro hacia el vehículo siniestrado, volcado encima de la rotonda y calcinado por completo.

– ¿Ese es el coche de…?– No terminó la frase.

– Sí. Ha muerto.

La muchacha se acercó despacio y miró aquellos hierros retorcidos: no había rastro de cadáver alguno.

– Se...calcinó por completo. – Dijo Michael, tras ella.

Michael tenía vendada la cabeza, tras los cuatro puntos de sutura que le pusieron en el As–Salam International Hospital. En clínicas y hospitales se vivían horas difíciles, pues los treinta y ocho heridos en el atentado, fueron repartidos entre ellos. Todavía no se había comunicado al pueblo oficialmente la muerte del rais, pero todos la presentían. Había un ambiente general de pesimismo y preocupación, que sólo se alivió cuando el vicepresidente Mubarak hizo una breve alocución por radio, trasmitiendo seguridad, y confianza en el futuro. Habló de la detención de los criminales sobrevivientes, que serían juzgados en breve.

Salima sintió su corazón afligido al conocer todas aquellas noticias en detalle, y cuando se anunció la muerte de Sadat, lloró en el hombro de Michael.

De regreso, en el avión que les llevaba a New York – no consiguieron vuelo para Washington con la inmediatez deseada–tuvieron tiempo sobrado de contarse sus respectivas aventuras. El agente de la CIA había sustituido el vendaje alrededor de su cabeza por un pequeño esparadrapo sobre una gasa.

Michael desaprobaba la osada decisión de su mujer, pero después de conocer su valiente actuación, que evitó que Tarek consiguiera su propósito de hacer saltar por los aires el gran templo, no pudo reprocharle nada.

– ¿Por qué me avisó, Michael? Él sabía que tú ya te habías ido... ¿Por qué enviarme a mí ese dibujo?

El hombre se pasó la uña del pulgar a lo largo de la mandíbula, pensativo:

– ¡Para incitarte a ir! – Respondió– Quería que estuvieras dentro del recinto cuando cayese allí la granada de mano. Quería que murieses en la explosión: era una forma de vengarse de mí, y de aniquilarte a ti, porque te odia.

– ¿Pero...por qué me odiaba?

– ¡Porque eres conversa! Así como Satanás se siente complacido con los apóstatas, se enfurece con los conversos. Pero estos, precisamente, complacen mucho a Dios: tú tienes una protección especial, Salima. –

La miró con ternura. Ella acarició suavemente con dos dedos la parte herida de la sien de Michael:

– ¡Tú también la tienes! Te hiciste un buen chichón, pero podías haberte matado. ¿Por qué hablas de ese hombre como si estuviera vivo, en presente?

– Sé que ha muerto. Pero el Mal no muere nunca. Por eso debemos estar en pie de guerra, siempre con la lámpara encendida, vigilantes…como dice el Evangelio.

– Tuvo…Una forma muy extraña de morir. Y olía a azufre en aquel lugar.

– Eso, probablemente son imaginaciones tuyas.

– ¡No! ¡Sentí olor a azufre cuando me bajé del autocar! Siempre creeré que era un demonio.– Dijo la muchacha, con un estremecimiento.

Michael, que tenía una de sus manos entre las suyas, se la llevó a los labios:

– Tal vez tengas razón. ¡Voy a proponerte para agente femenina de la CIA, Salima!– Dijo, sonriente, para aliviar la tensión que notaba en ella al recordar la enigmática muerte de Tarek.

– No.– La joven movió la cabeza– ¡Estoy saturada de aventuras! No quiero ser otra cosa que la esposa de Michael Bradford, y – si no te importa– pienso quedarme en casa. He pensado perfeccionar mis conocimientos de corte y confección y aprender también a bordar a máquina: tendrás que comprarme una. Quiero hacer lindos vestidos a nuestras hijas. ¡Espero que tengamos dos chicas y dos chicos!

El hombre se echó a reír, como hacía tiempo no lo hacía:

– Yo también estoy saturado de aventuras.– Dijo, recobrando la seriedad. – Y ya me siento en paz con mi conciencia: le debía ese esfuerzo a la memoria de Ethel. Ahora pediré reintegrarme en la policía federal y me dedicaré a cosas locales, dentro de mi distrito, Columbia. Espero no moverme de allí más que para ir de vacaciones, alguna vez.

– ¡Me debes la luna de miel!

– No lo he olvidado. Mira: he pensado que nos quedemos en New York un par de días; nunca hemos estado allí juntos.

– Me encantará. ¡Pero esto no será la luna de miel, pues aún no nos hemos casado de nuevo! Quiero un vestido blanco, sencillo pero bonito, y la luna de miel ¡en París! Como en las películas. ¡Jamás he estado en Francia!

LA HORA DE LUCIFER

EPÍLOGO

Michael y Salima, como cualquier pareja de turistas, daban la vuelta en el ferry por la bahía de New York. La impresionante vista de los rascacielos recortados en el azul del cielo, y la belleza de la estatua de la Libertad, es algo que siempre sobrecoge, aunque se haya visto con anterioridad. Salima no había estado allí desde que tenía catorce años. De pronto, su mano se engarfió al brazo de su esposo y de su boca se escapó un pequeño grito:

– ¡Michael, mira, mira! ¡Son las torres! ¡Las de tu foto de la pintada de Tel Aviv!

Michael clavó la mirada en las torres gemelas del Word Trade Center:

– Sí...– Dijo despacio– son más altas y más estilizadas que las del dibujo que te dejó a ti. Siempre me pareció que eran torres, rascacielos...Pero no ubicaba el asunto en América.

La chica habló con apremio:

– Pero lo dirás a tus superiores ¿verdad?

– ¡Claro! Todo hay que comunicarlo, hasta la más mínima impresión. – Pasó su brazo, amorosamente, por encima de los hombros de ella:

— ¡Será una alarma más entre los cientos de alarmas que se reciben cada día, referentes a las torres gemelas, al Empire State, al edificio del Pentágono, a la Casa Blanca y al Capitolio! Hay dementes que se divierten dando alarmas.

— ¡Pero tú sabes que esta sí es verdadera! ¡Son las torres de la pintada en la Iglesia de Tel Aviv, sin ningún género de dudas; ahora estoy segura!

— Sí. Yo también lo veo claro, ahora. Ahora que estoy frente a ellas, desde este ángulo. ¡Pero, piensa: esas torres son casi inexpugnables, son vigiladas noche y día, y tienen un sistema anti incendio, casi perfecto!

— ¡También decían eso del "Titanic"...y mira!

— ¡Sólo podrían atacarse por el aire!

— ¿...Un misil, enviado desde Rusia, o desde Irán?

— Todavía no hay misiles con tanto recorrido...Además, se trabaja en los escudos anti misiles, recuerda el Oriente Medio. Salima...— Sus brazos ahora rodearon el talle de la joven, y la miró a los ojos:

— No debemos olvidar las palabras de nuestro amigo, el viejo sacerdote exorcista: "La hora de Lucifer" significa el paso a una nueva Era, un período de guerra abierta, que tuvo su disparo de salida con la llegada de Jomeini al poder, y el intento de asesinato de Ronald Reagan, y después, del Papa: Por alguna razón, Satanás ha decidido apretar las clavijas, porque quiere ganar ¡y ganar, ya! Arrebatar la Humanidad a Dios, su Creador, para hacer que todos los hombres nos condenemos. Una Era en que va a emplearse a fondo: ¡Tal vez mucho más que nunca hasta ahora! Pero no sabemos lo que puede durar esa Era, que ya está aquí. Por eso hemos de estar preparados siempre, como te dije en el avión, y vigilantes. Porque no sabemos el "cuándo" de cada cosa. Pero, mientras tanto, como conocemos con toda seguridad que Dios está con nosotros ¡y que nos ama y no nos abandonará nunca! tratemos de ser felices: el Enemigo no tuvo éxito, ni con Reagan ni con el Papa... Y después de escuchar la firmeza de Hosni Mubarak tras la muerte de

Sadat, dudo mucho que los extremistas puedan rentabilizar el asesinato del rais. Sabemos que Dios es más fuerte; que el premio a nuestra fidelidad y a nuestro esfuerzo por el bien está, para cada uno de nosotros, a la vuelta de la esquina, porque la vida es breve. !Seamos felices, entonces, amor mío; nos lo hemos ganado! ¿No lo crees?

Su mirada gris, fija en la suya, honda y cargada de aquella bonhomía que siempre caldeaba el corazón de Salima, puso un bálsamo en su angustia:

– ¡Querido "Klaatu"! – Dijo sonriéndole, hechizadora– Sólo hace falta que seamos buenas personas...Buenas de verdad ¿no es cierto? ¡Y podremos decir, como Juan Pablo II: "No tengáis miedo"!

Al pasar el ferry lentamente por delante de la estatua de la Libertad, Michael la besó en los labios, estrechándola amoroso contra su pecho: Salima cerró los ojos y suspiró, comprendiendo que, junto a él, siempre se sentiría segura, pasase lo que pasase. Junto a él, y junto a Dios: el Dios de Abraham, de Isaac y de Jacob.

SOBRE LA AUTORA

Lídice Pepper es una escritora hispano–venezolana, conocida por sus intervenciones en los distintos medios de difusión, y por sus novelas de diversas temáticas. De entre sus premios cabe destacar el Mario Vargas–Llosa de narrativa, que consiguió en 2004 por su novela *El reto..*